西/夏/文/献/丛/刊

西夏诗歌集

主编◎杜建录　（俄）伊琳娜·波波娃
整理◎佟建荣

甘肃文化出版社

图书在版编目（CIP）数据

西夏诗歌集 : 西夏文 / 佟建荣整理. -- 影印本
. -- 兰州 : 甘肃文化出版社，2021.10
（西夏文献丛刊）
ISBN 978-7-5490-2303-5

Ⅰ. ①西… Ⅱ. ①佟… Ⅲ. ①古典诗歌－诗集－中国
－西夏语 Ⅳ. ①I222

中国版本图书馆CIP数据核字(2021)第182955号

西夏诗歌集
杜建录 （俄）伊琳娜·波波娃 | 主编
佟建荣 | 整理

项目策划 | 郧军涛 凯 旋
责任编辑 | 凯 旋
封面设计 | 李万军

出版发行 | 甘肃文化出版社
网 址 | http://www.gswenhua.cn
投稿邮箱 | press@gswenhua.cn
地 址 | 甘肃省兰州市城关区曹家巷 1 号 | 730000（邮编）

营销中心 | 贾 莉 王 俊
电 话 | 0931—8454870 8430531（传真）

印 刷 | 深圳市国际彩印有限公司
开 本 | 880 毫米 ×1230 毫米 1/16
字 数 | 32 千
印 张 | 7.875
版 次 | 2021 年 10 月第 1 版
印 次 | 2021 年 10 月第 1 次
书 号 | ISBN 978-7-5490-2303-5
定 价 | 88.00 元

西夏《诗歌集》整理出版说明

西夏在中国，大量的西夏文献收藏在俄罗斯，西夏研究成为中俄两国共同关注的学术领域。2009年在中国国家领导人的亲切关怀下，“黑水城文献与西夏文化研究”列入中俄人文交流长线项目，由宁夏回族自治区教育厅和宁夏大学承担。在教育部的指导下，宁夏大学西夏学研究院和俄罗斯科学院东方文献研究所签订协议，成立中俄人文合作交流机制下研究机构——中俄西夏学联合研究所，宁夏大学西夏学研究院院长杜建录教授任中方所长，俄罗斯科学院东方文献研究所所长波波娃教授任俄方所长。根据协议，双方主要从四方面展开整理研究：一是西夏文献专题研究，推出系列研究成果《西夏文献研究丛刊》；二是对黑水城出土社会文书翻译、释录、考证与校勘，出版《中国藏黑水城汉文文献释录》《俄藏黑水城汉文文献释录》等；三是西夏文物艺术研究，纳入《西夏学文库》出版；四是全彩写真西夏文本，根据文献保存情况，分线装和精装两种形式出版，旨在保护传承与宋本文献同时代的西夏文献，取名《俄藏西夏文献丛刊》。西夏《诗歌集》就是其中的一种。

俄 Инв.No.121、Инв.No.121V，出土于内蒙古额济纳旗黑水城遗址，现收藏于俄罗科学院东方文献研究所，图版收录于《俄藏黑水城文献》第10册第267至311页。

正面文献 Инв.No.121为西夏文诗集，刻本，乾祐十六年（1185年）刻字司监印，麻纸。蝴蝶装，上下单栏，左右双栏，版心上部刻诸篇篇名（或阴刻、或阳刻），下部汉字刻诸篇页码（或阴刻、或阳刻）。框高18.5厘米，宽13.5厘米。左右双栏。半叶8行，行16字。第四首《道理诗》最后两页版心刻有似汉字“佰”（伯）。第四首《道理诗》首页板框外右上角有西夏文“𗂧”，第五首《聪颖诗》首页板框外右上角有西夏文“𗏁”。共存29页，诗5首，其中第一首《赋诗》存后半部分、第五首《聪颖诗》存前半部分，第二首《大诗》、第三首《月月乐诗》、第四首《道理诗》保存完整。

背面文献 Инв.No.121V 为写本诗集，书于正面刻本文献的行缝中。蝴蝶装，形成于乾祐十六年（1185年）至光定十一年（1221年）之间。页面高25厘米，宽16.5厘米，共存诗29首。

与已出版的《俄藏黑水城文献》图版相比，此写真版更清晰、全面，在文献解读、版本研究等方面有着重要的意义。

在文献解读方面，此写真本首先为学界提供了一个更为清晰的《宫廷诗集》的本子。俄 Инв.No.121背面为手写的诗集，现定名为《宫廷诗集》(甲种本)，此诗集是研究西夏诗歌的重要素材，《俄藏黑水城文献》公布后受到学术界广泛关注，但受正面文字及本身书写的影响，文中多处模糊不清，识别困难。此写真本较《俄藏黑水城文献》本要清晰很多，必将有助于文献的进一步解读。

另外，受背面墨汁的浸染，《俄藏黑水城文献》本正面刻本也有多处不清。如《大诗》第2面右半叶第2行第2、3两字，第3面右半叶第2行第5、6、7等三字，第4面左半叶第6行第5、6、7等三字，第5面第4行第2个字，《月月乐诗》第6面第6、7字，《道理诗》第1面右半叶第7行第8、9、10字，第6面右半叶第1行第15、16字，第9面右半叶第10—17字等。现可据此写真本分别补充为[illegible]、[illegible]、[illegible]、[illegible]、[illegible]、[illegible]、[illegible]、[illegible]等。

在诗集样式及版本方面，此写真本为认识此诗集样式及版本提供了新的信息。

Инв.No.121板框之外有一些手写文字，这些文字对研究认识此诗集样式及作品形成年代有重要的作用，但《俄藏黑水城文献》图版多模糊不清，甚至缺少。

第四首《道理诗》首页板框外右上角有西夏文“𗥃”，第五首《聪颖诗》首页板框外右上角有西夏文“𗏁”。这两处西夏文数字均不见于《俄藏黑水城文献》图版，其实这两个数字是该诗在诗集中的次序标识。该诗集篇首残损，《俄藏黑水城文献》图版只能看出该诗集现存5首，并不能确定缺了多少，诗集本该有多少，此数字的出现，我们可以明确地判断《赋诗》为诗集的第一首，篇首只缺《赋诗》的前半部分。

《俄藏黑水城文献》图版整体模糊，版面风格及字体书写不是很清晰。此写真本整体版面清晰，每一个字体也非常清晰。从写真图版看，蝴蝶装，页面没有乌丝界栏，同一页面内文字墨色不均（如《大诗》第1面），同一文字也是墨色深浅不一（如《大诗》第1面），版心栏线斜扭不齐，与板框间结合也不是很紧密，个别字体斜置特征明显（《赋诗》所存第1面第2行最后一字）等等。此类特征在《俄藏黑水城文献》图版中都不是很明显，这些特征可能会成为修正已有的“刻本”之说的证据。

俄Инв.No.121　1.赋诗（31-1）

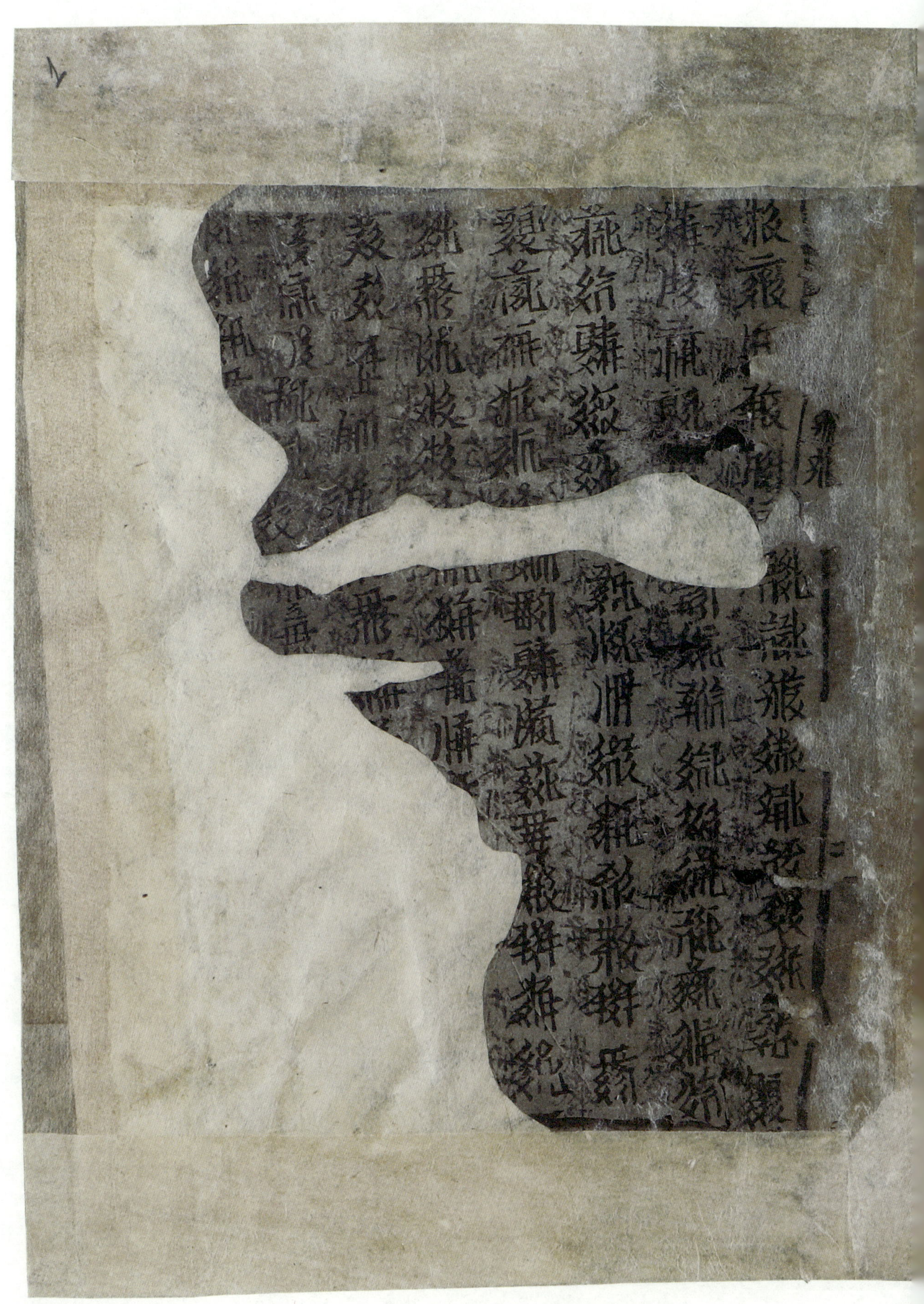

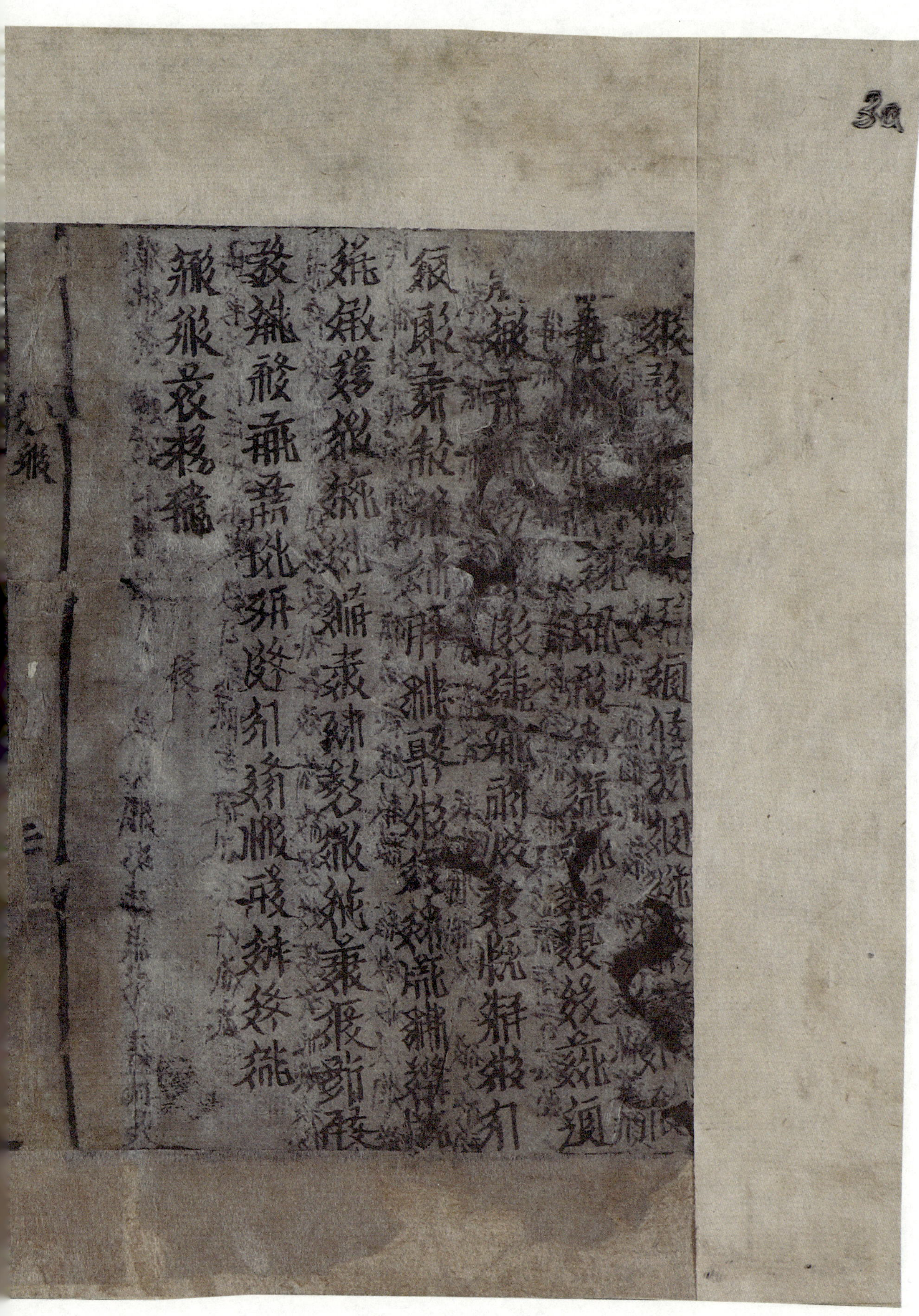

俄Инв.No.121　1.赋诗（31–2）

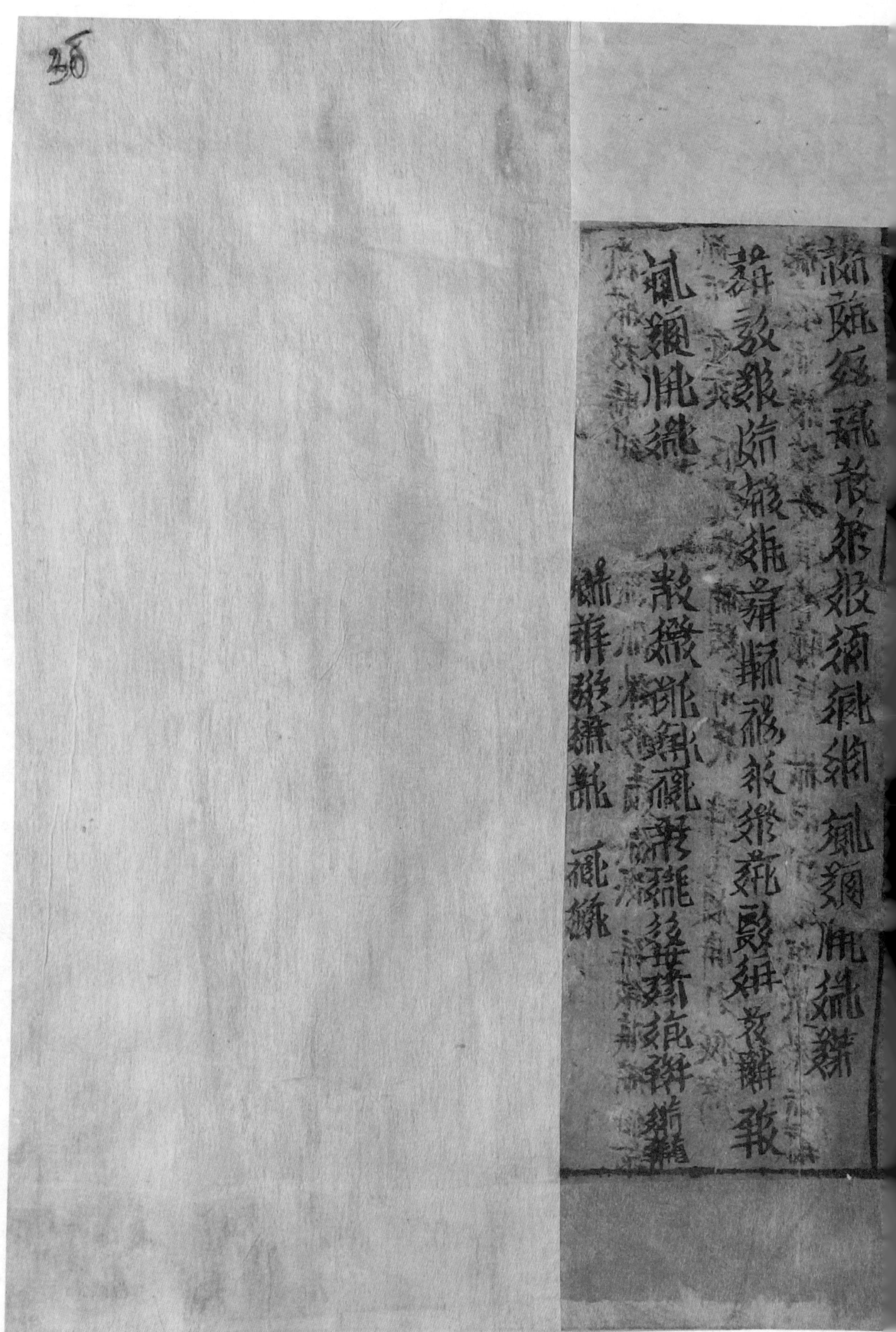

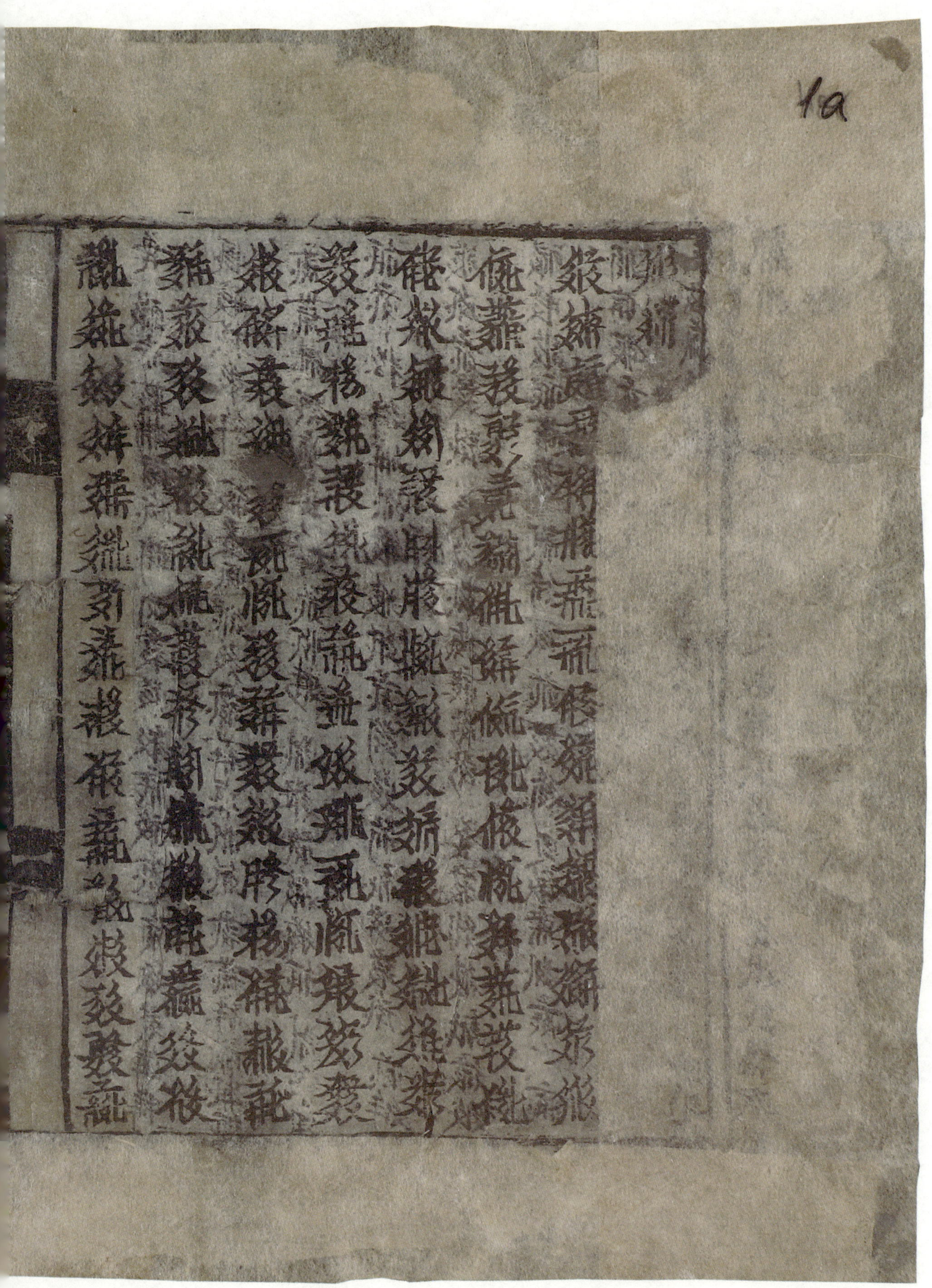

俄Инв.No.121　2.大诗（31-3）

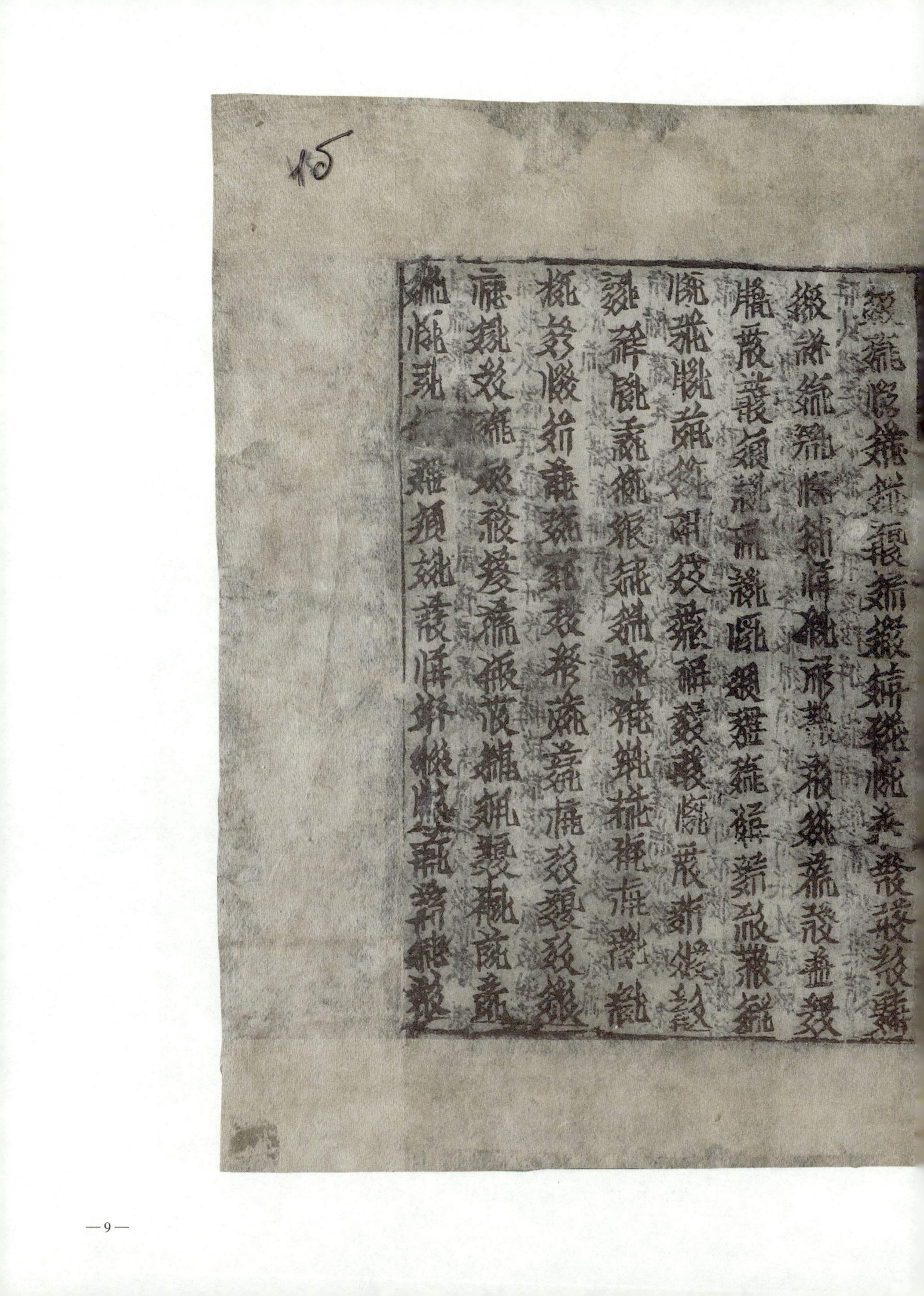

15

俄Инв.No.121　2.大诗（31–4）

325

俄Инв.No.121　2.大诗（31–5）

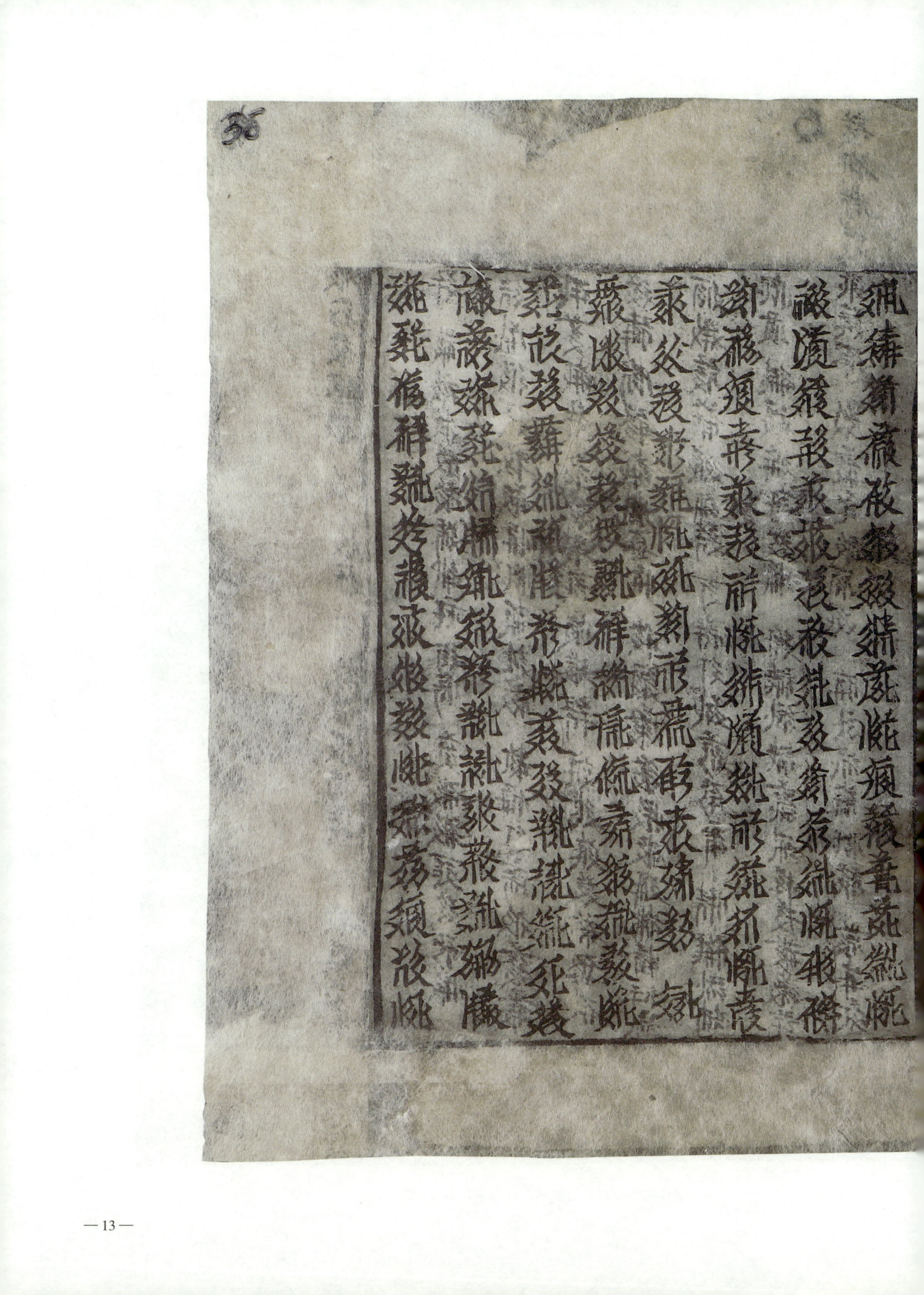

36

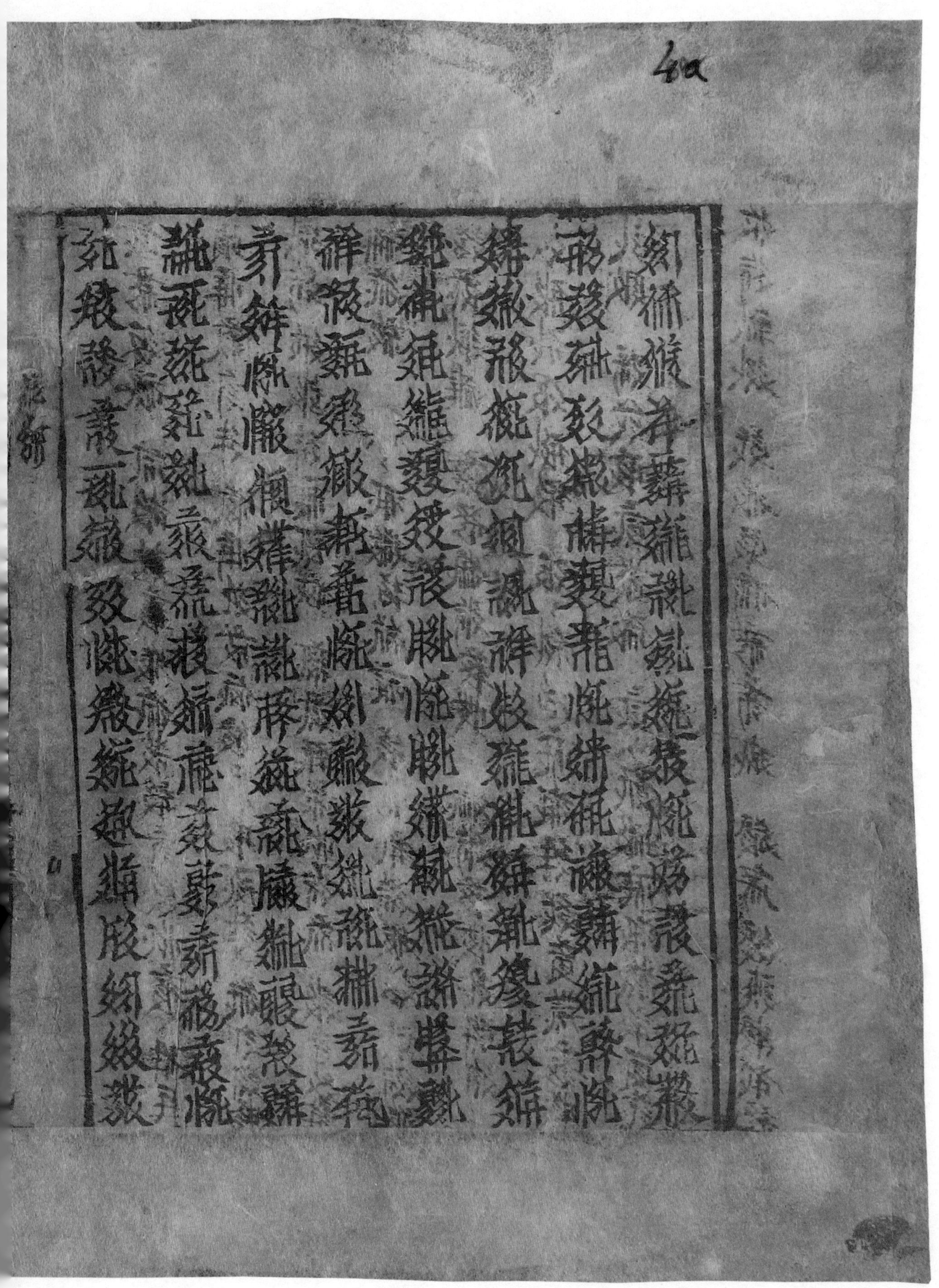

俄Инв.No.121　2.大诗（31–6）

俄Инв.No.121　2.大诗（31–7）

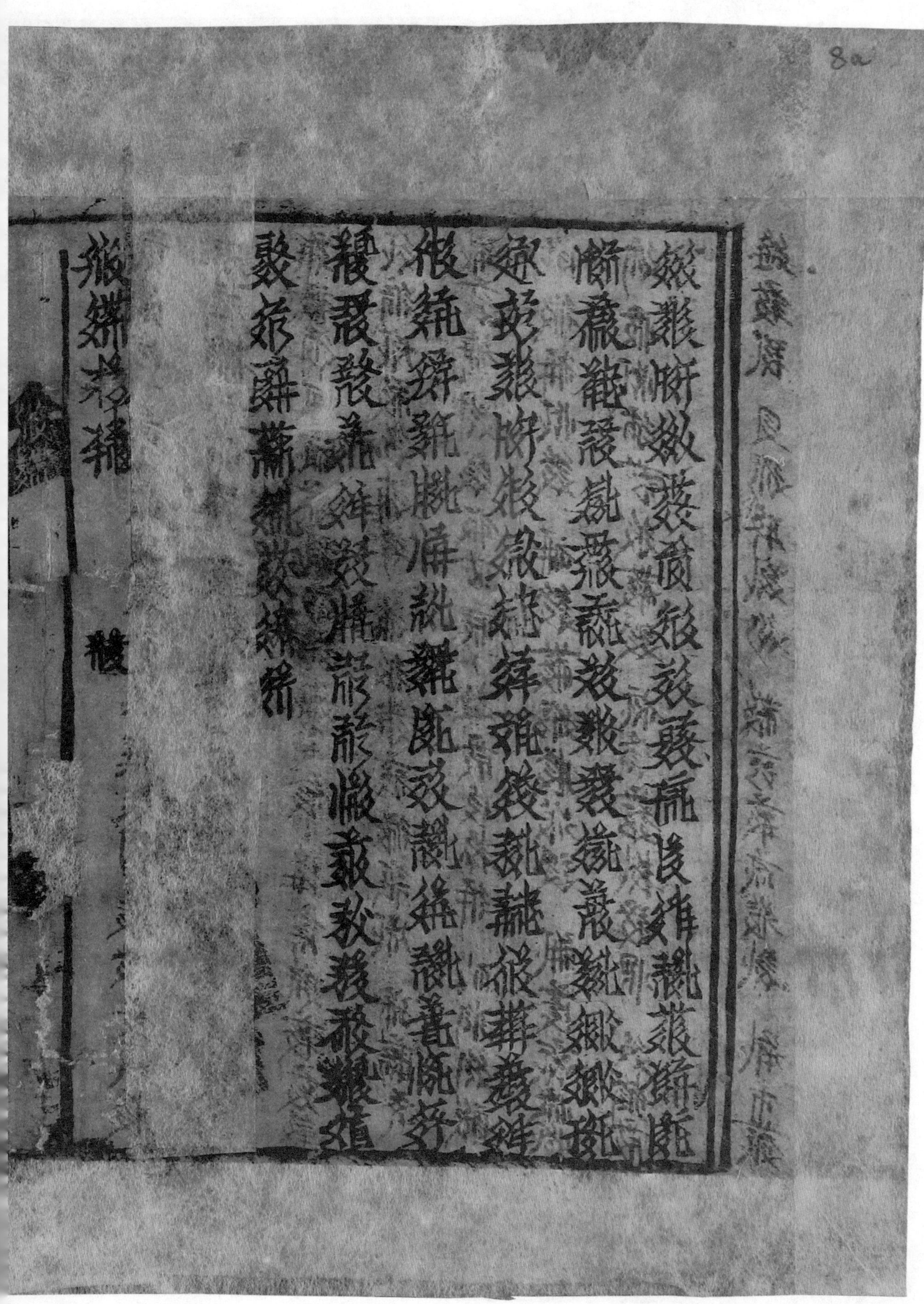

俄Инв.No.121　2.大诗（31–8）

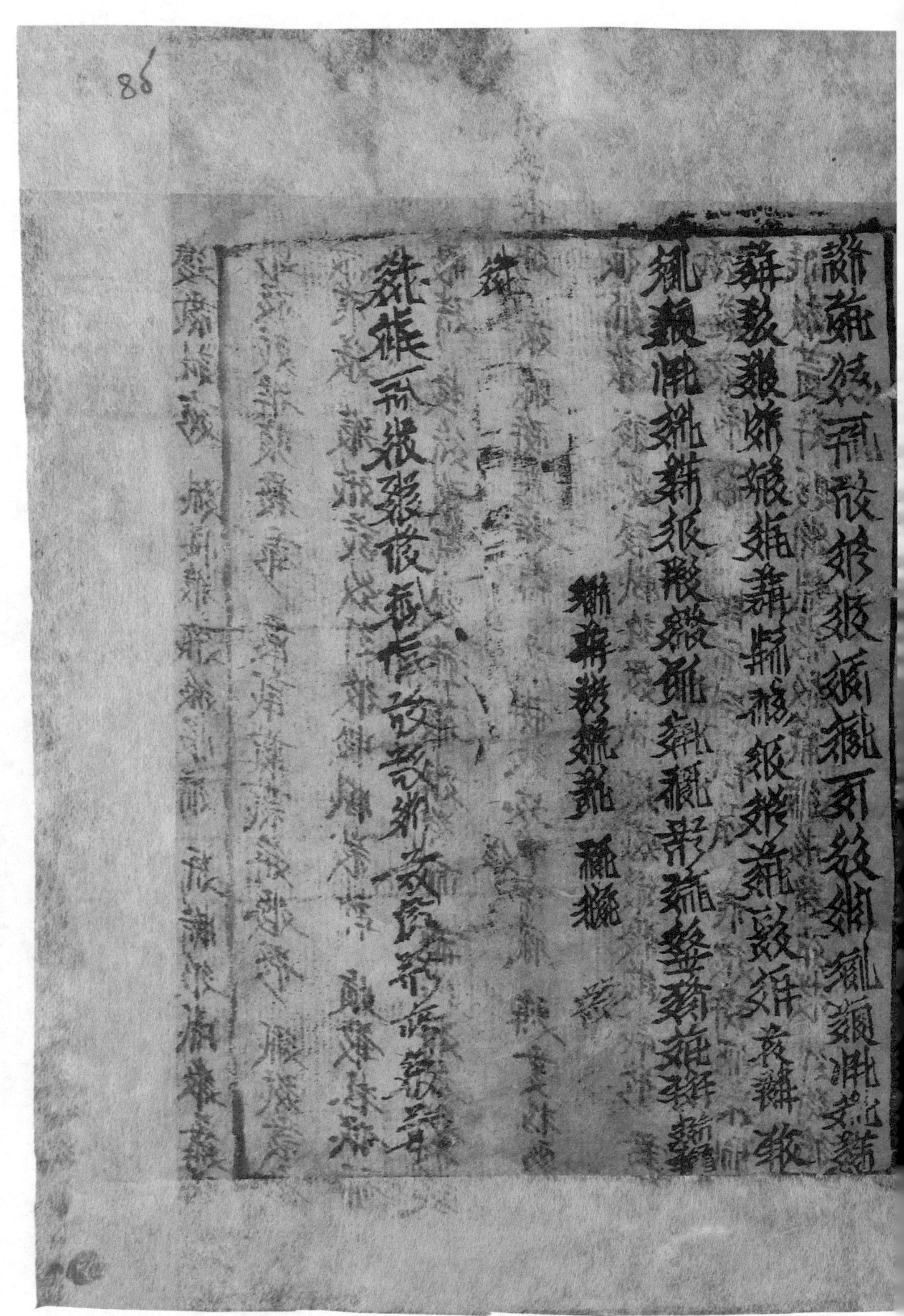

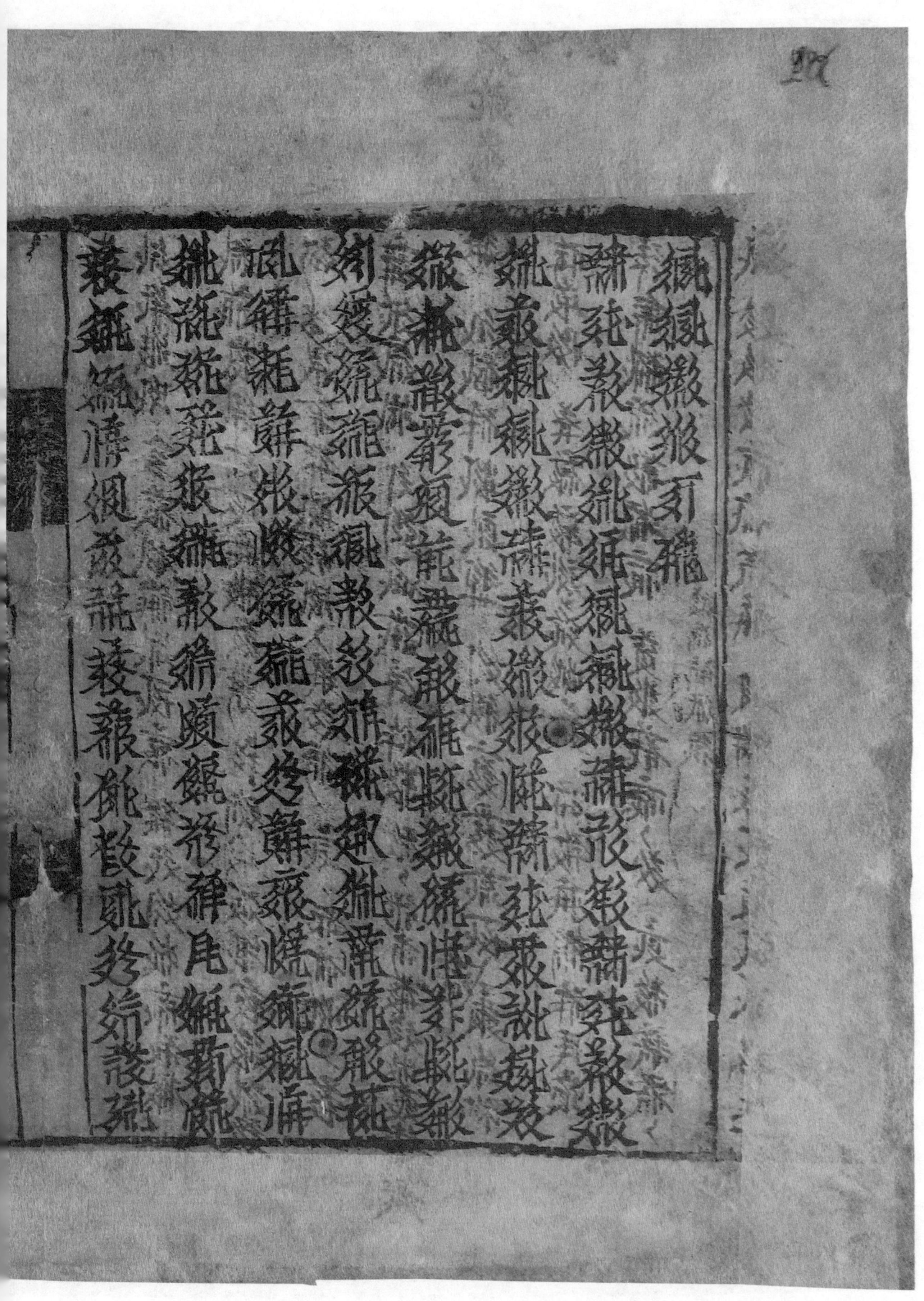

俄Инв.No.121　3.日日乐诗（31–9）

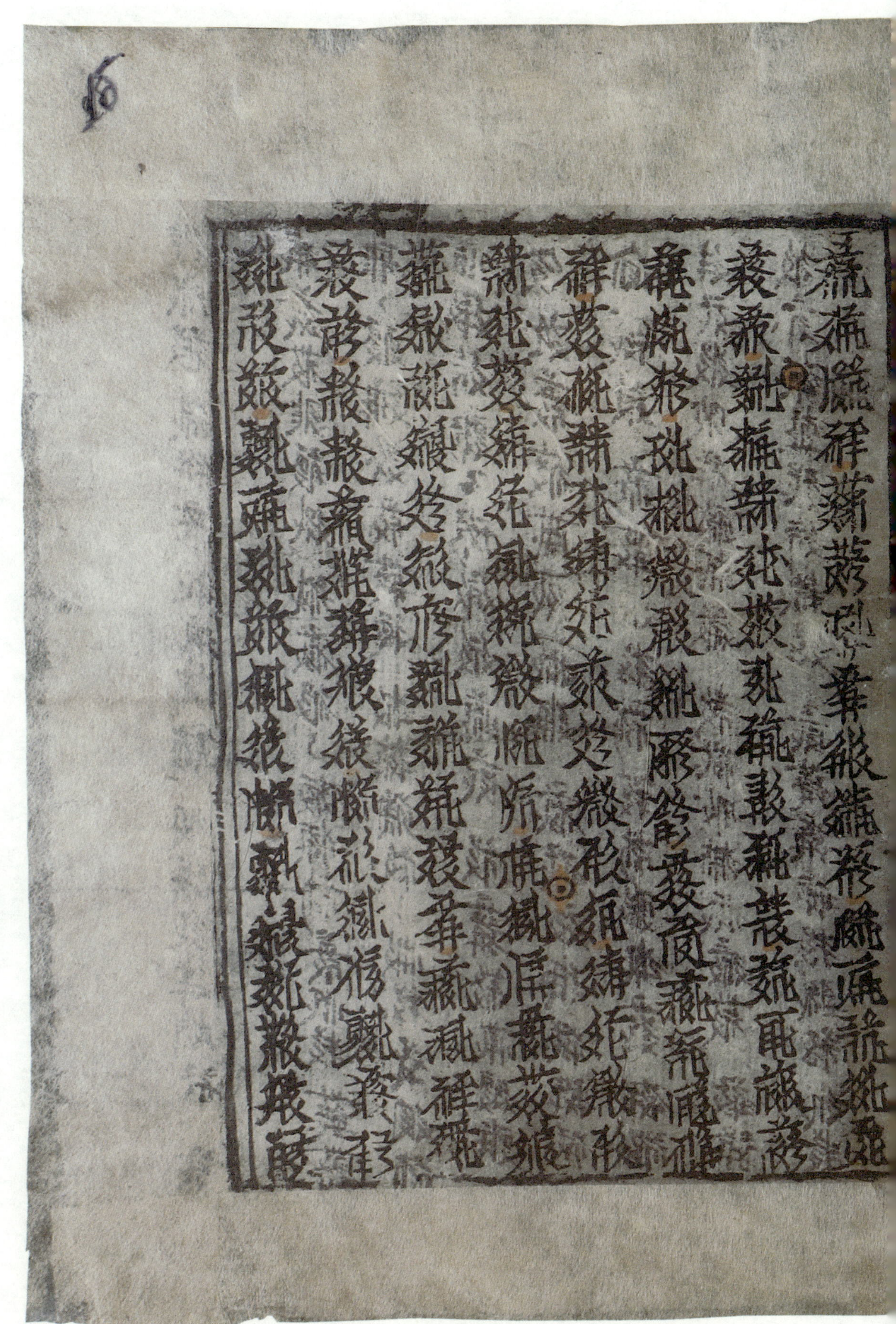

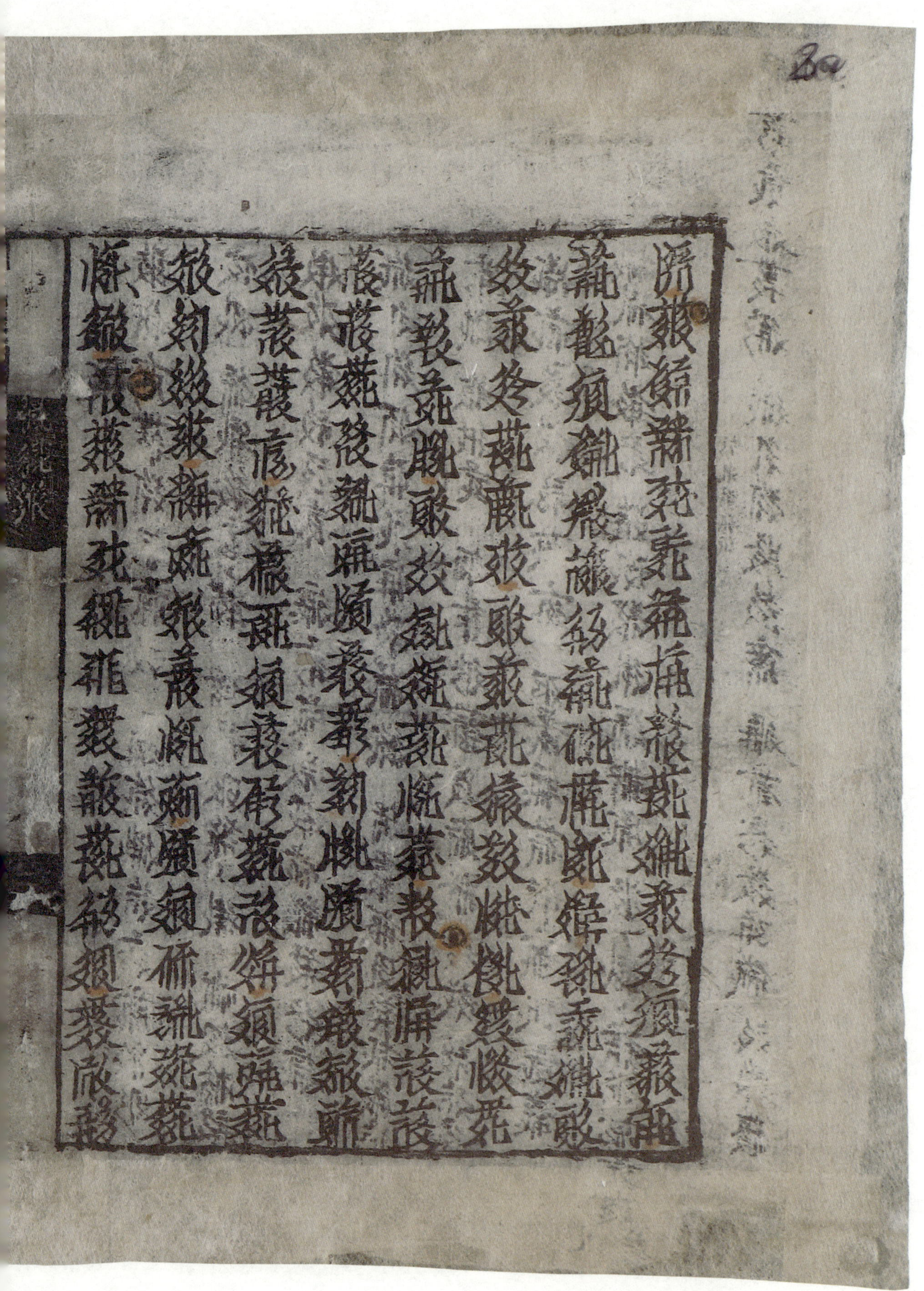

俄Инв.No.121　3.日日乐诗（31–10）

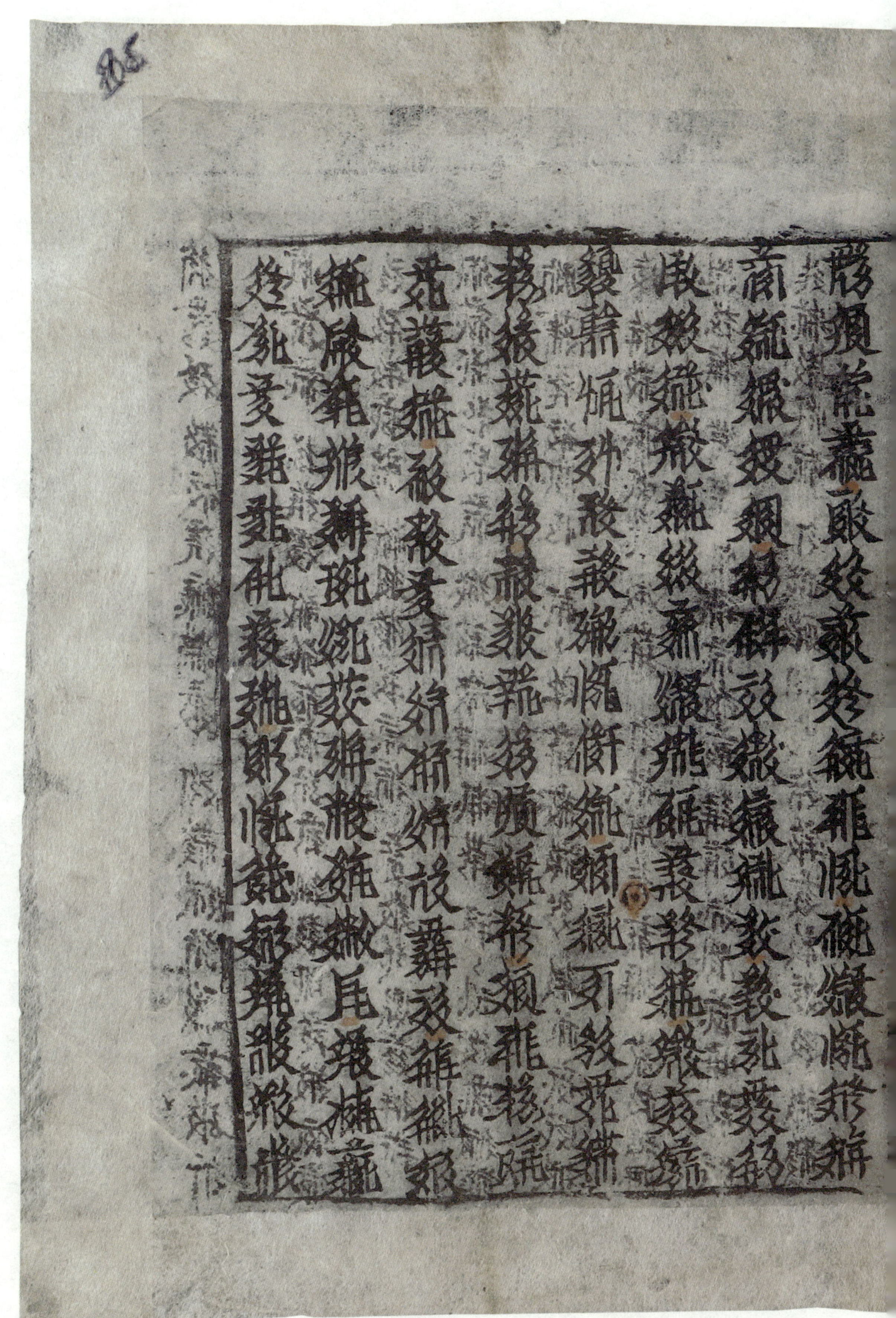

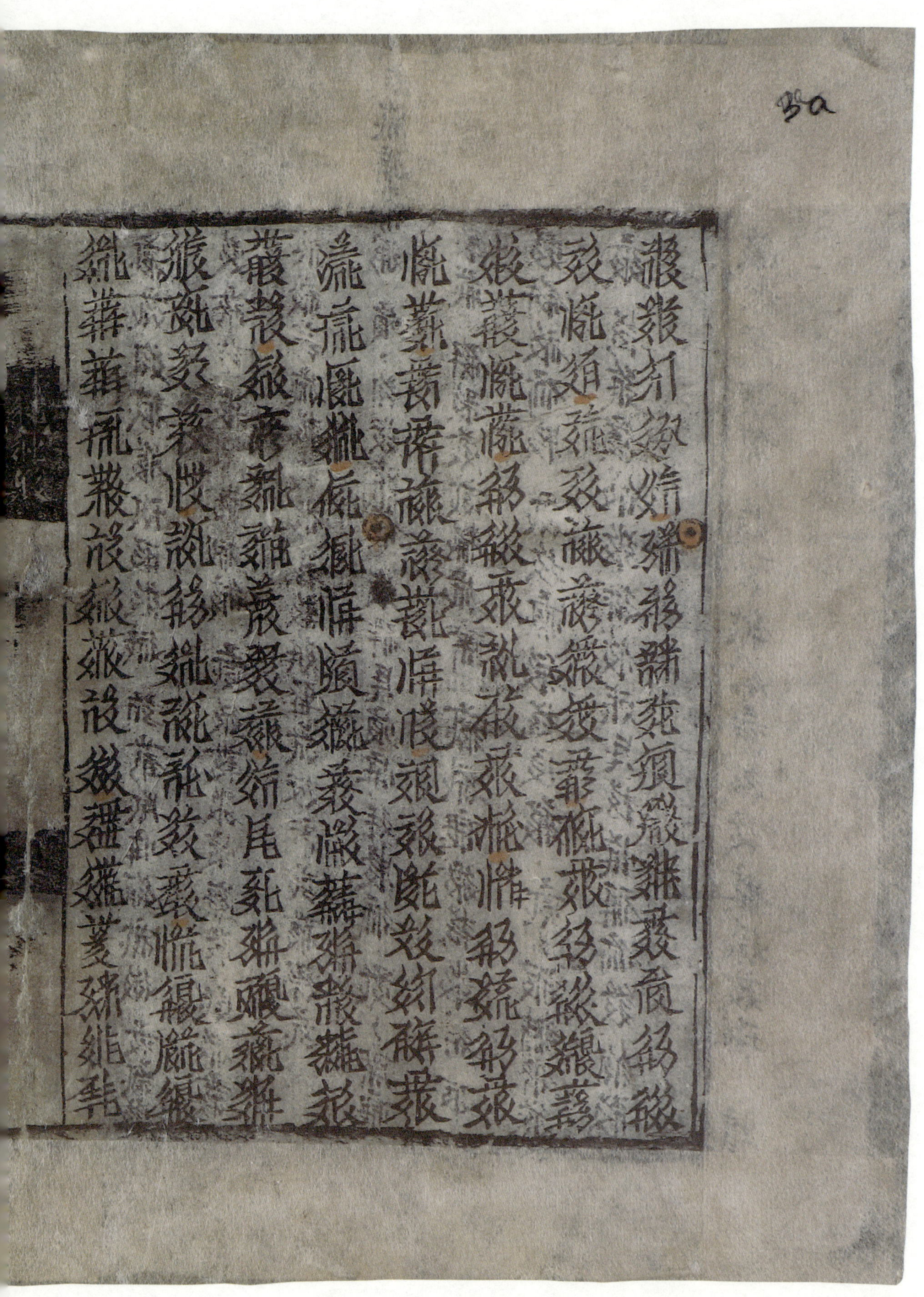

俄Инв.No.121　3.日日乐诗（31–11）

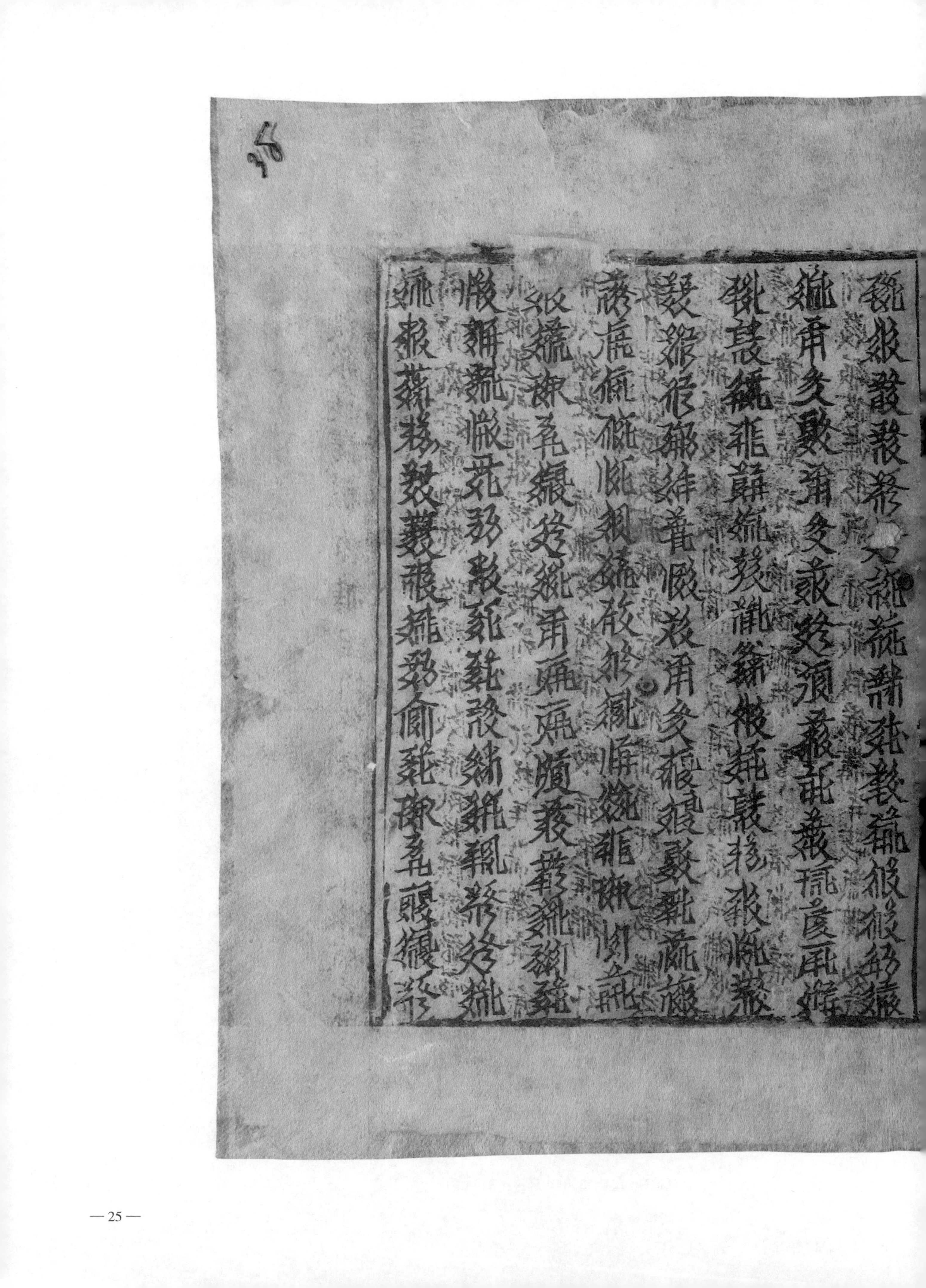

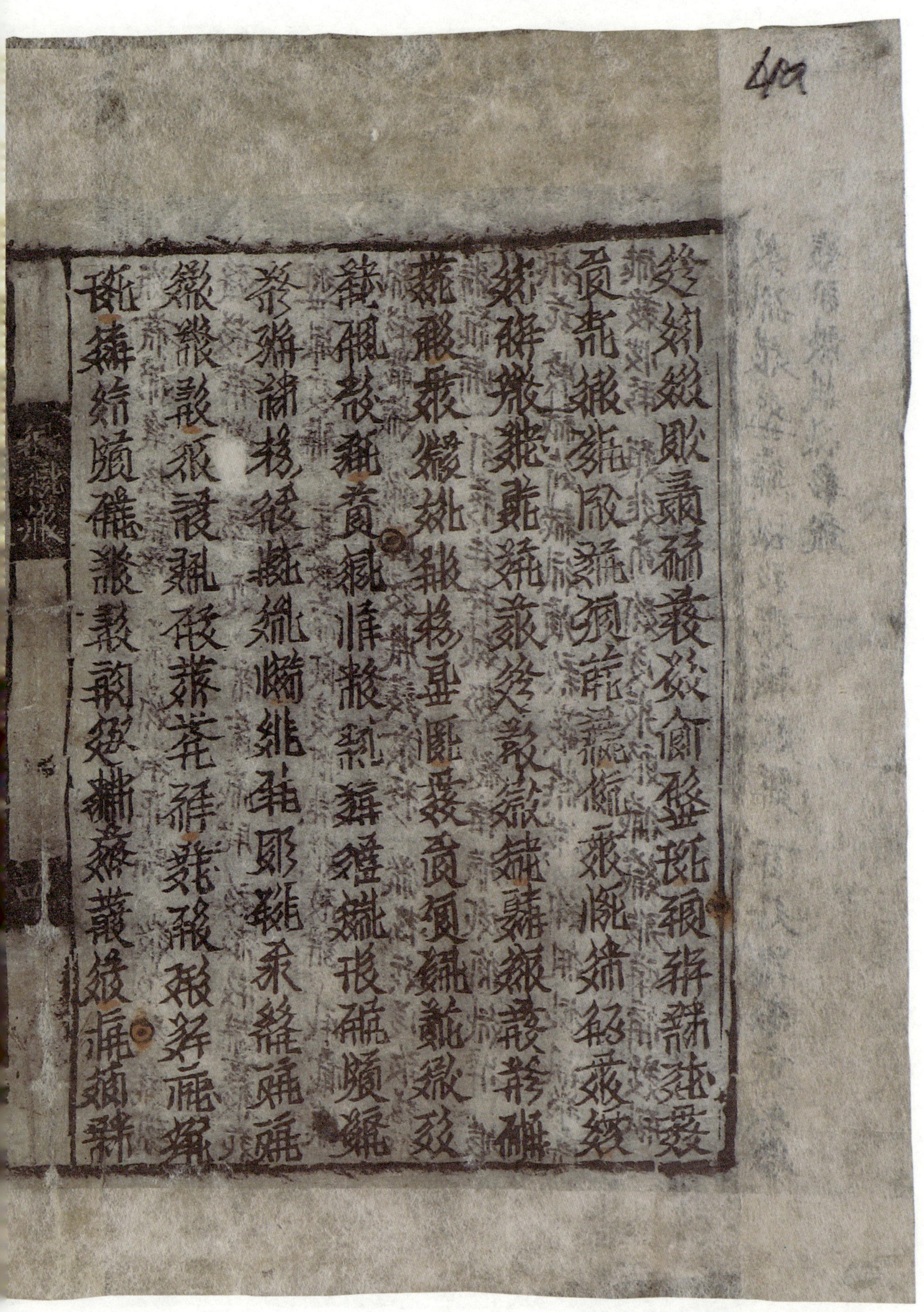

俄Инв.No.121　3.日日乐诗（31-12）

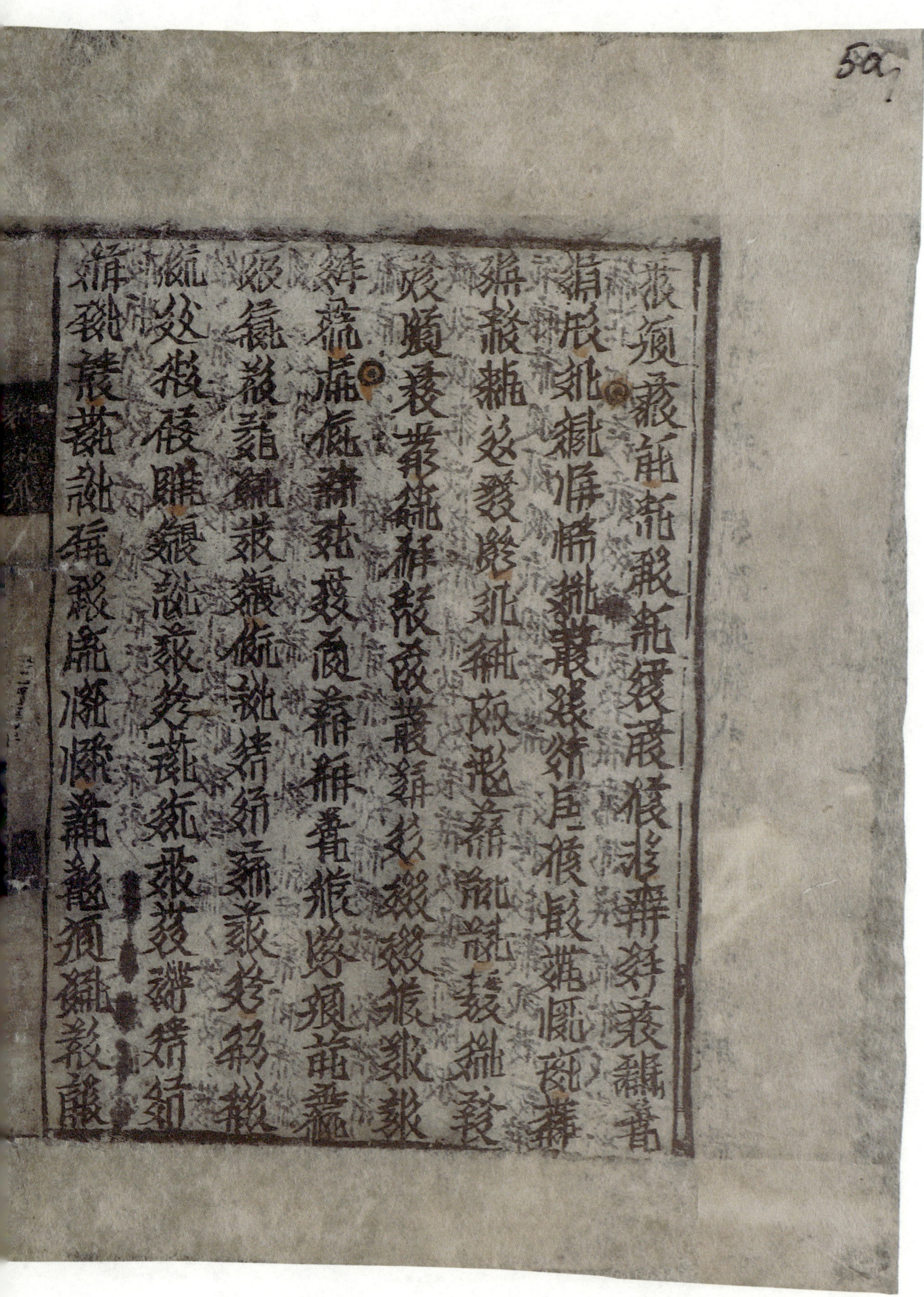

俄Инв.No.121　3.日日乐诗（31–13）

56

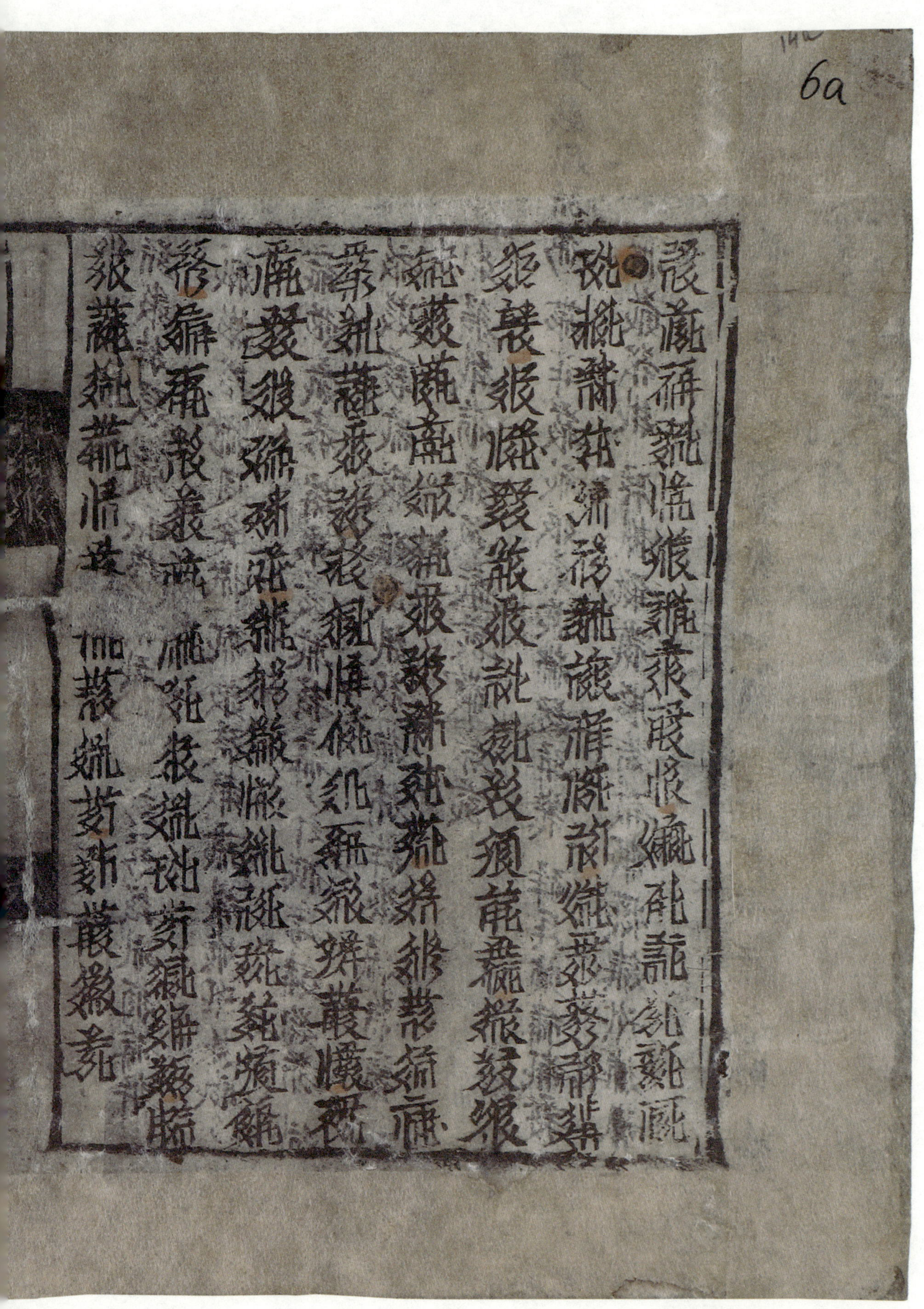

俄Инв.No.121　3.日日乐诗（31–14）

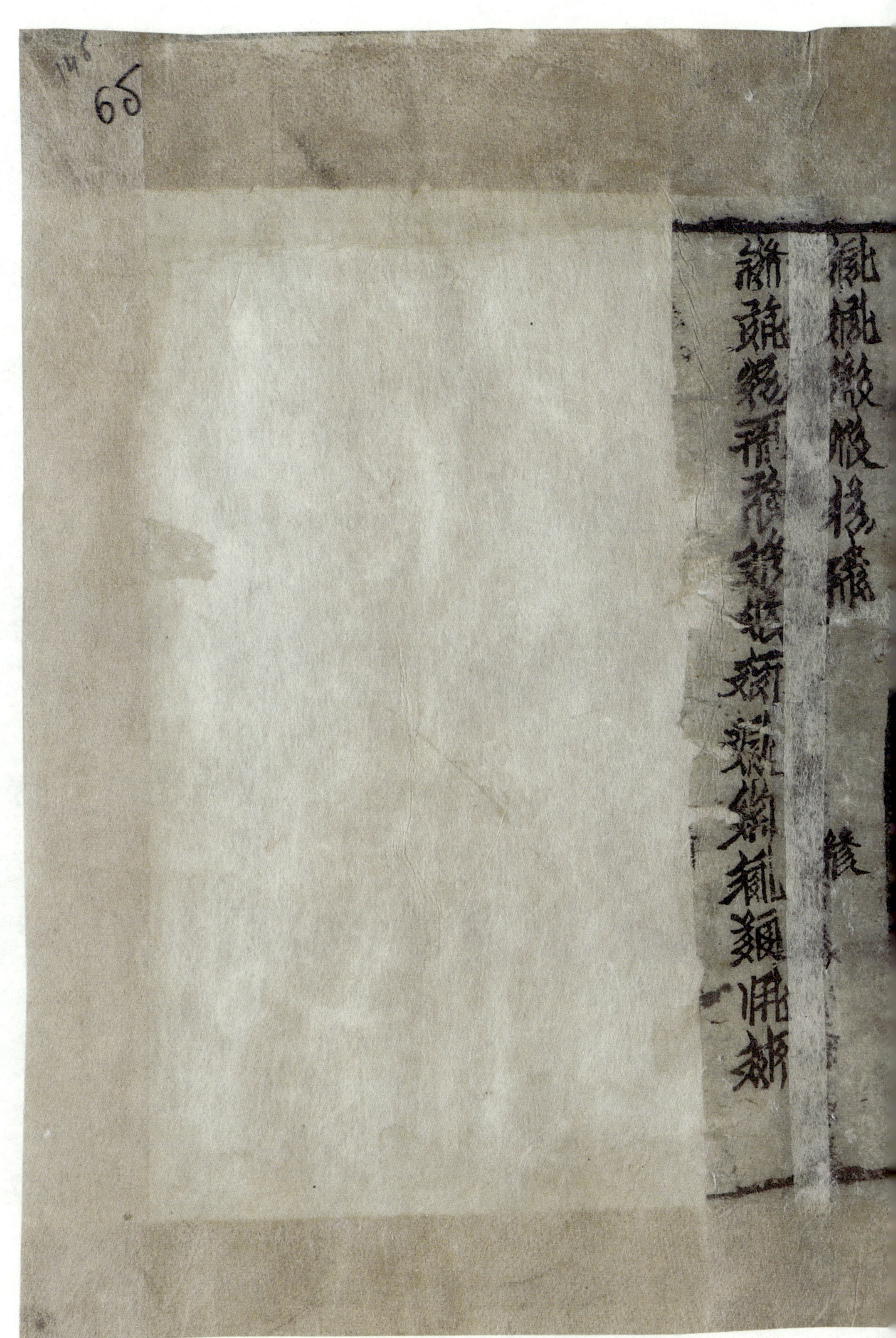

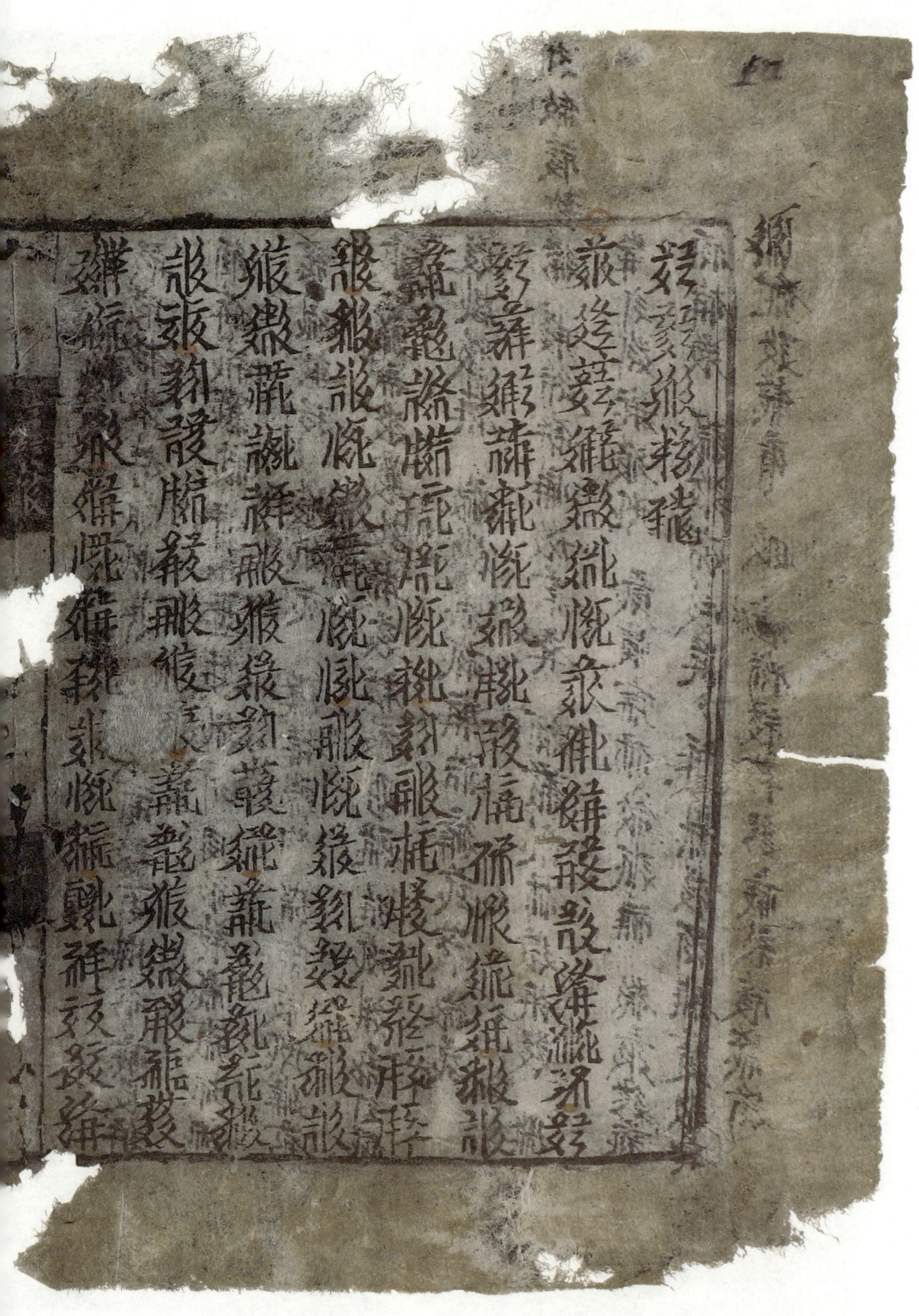

俄Инв.No.121　4.道理诗（31–15）

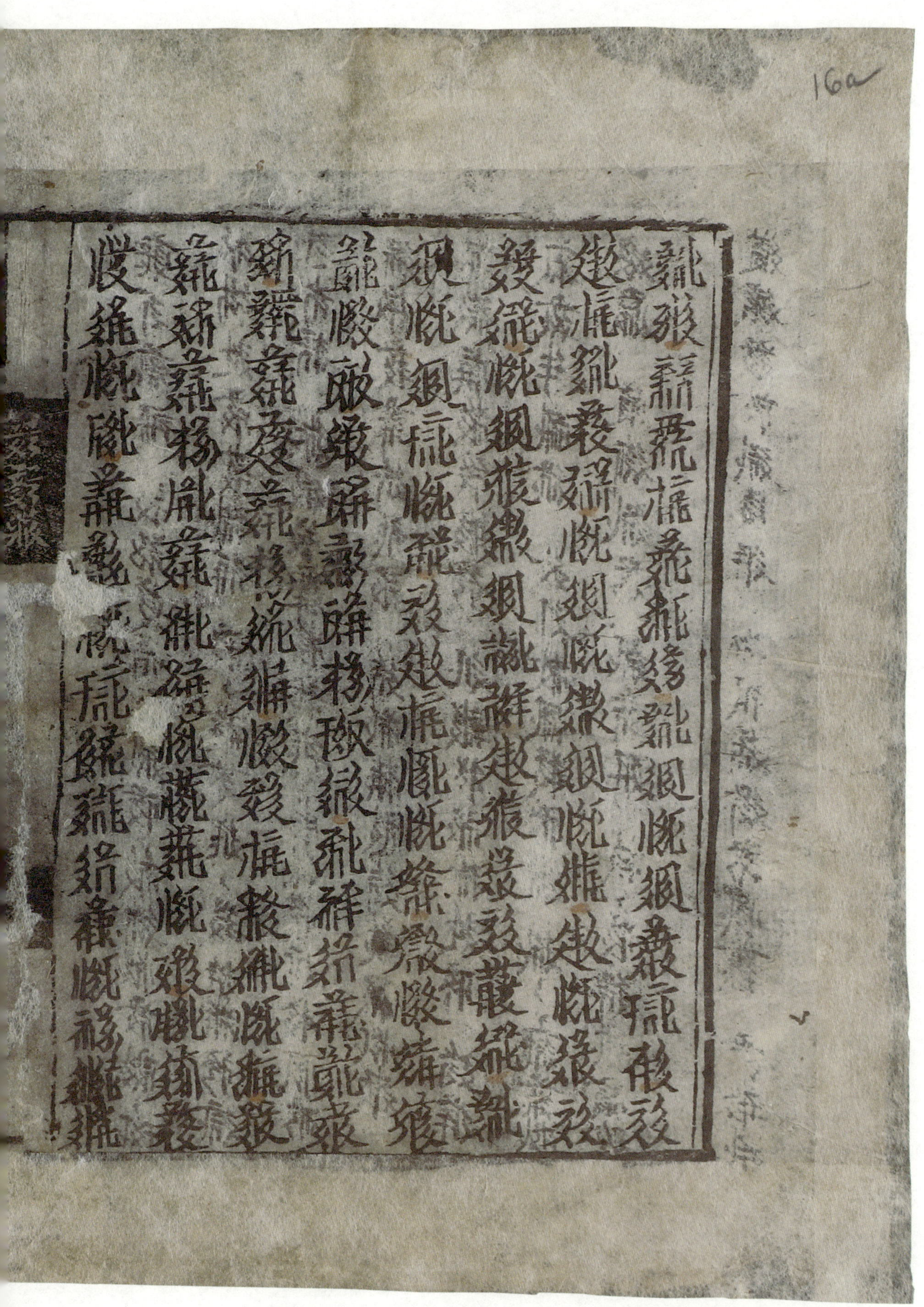

俄Инв.No.121　4.道理诗（31–16）

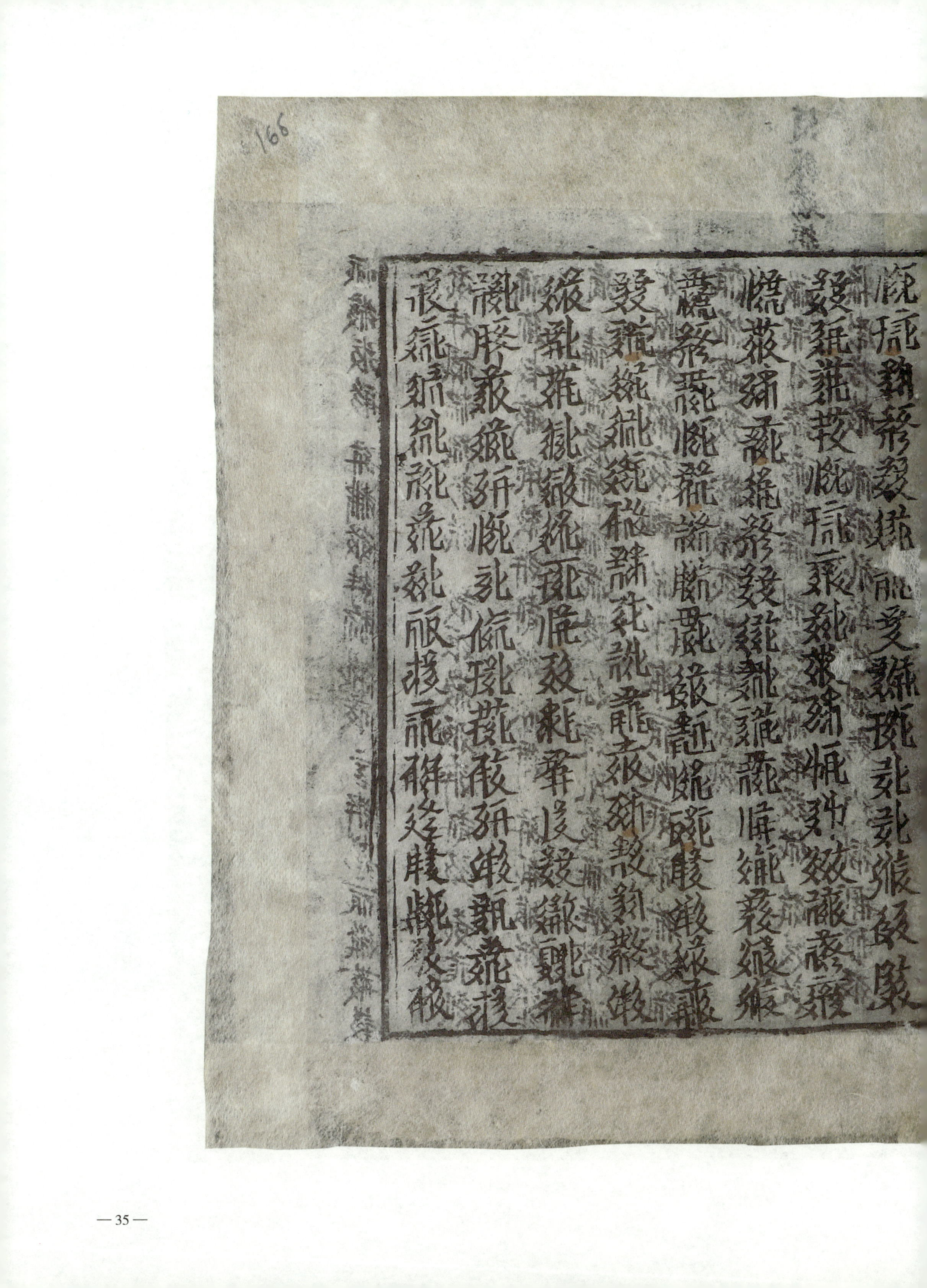

166

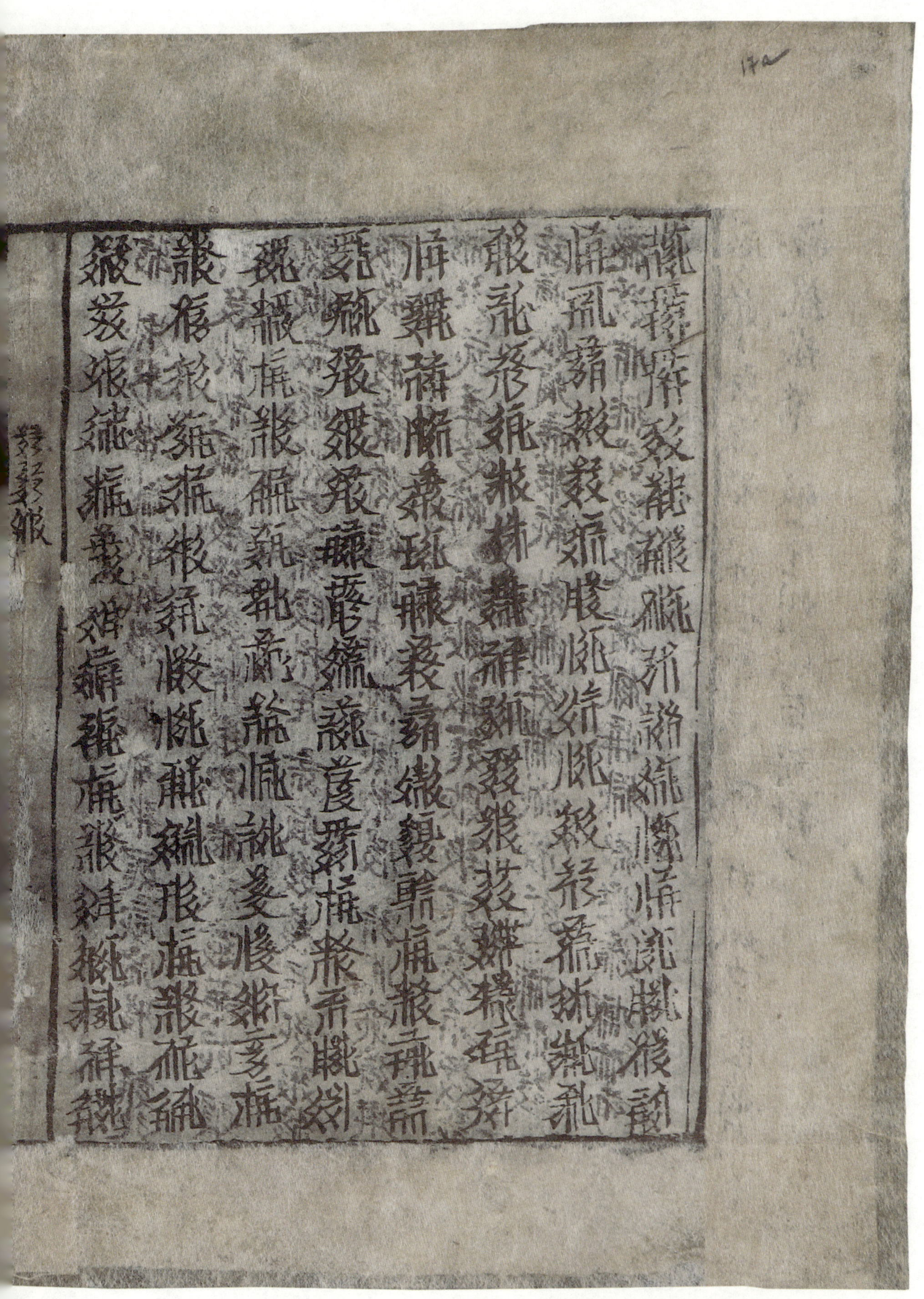

俄Инв.No.121　4.道理诗（31–17）

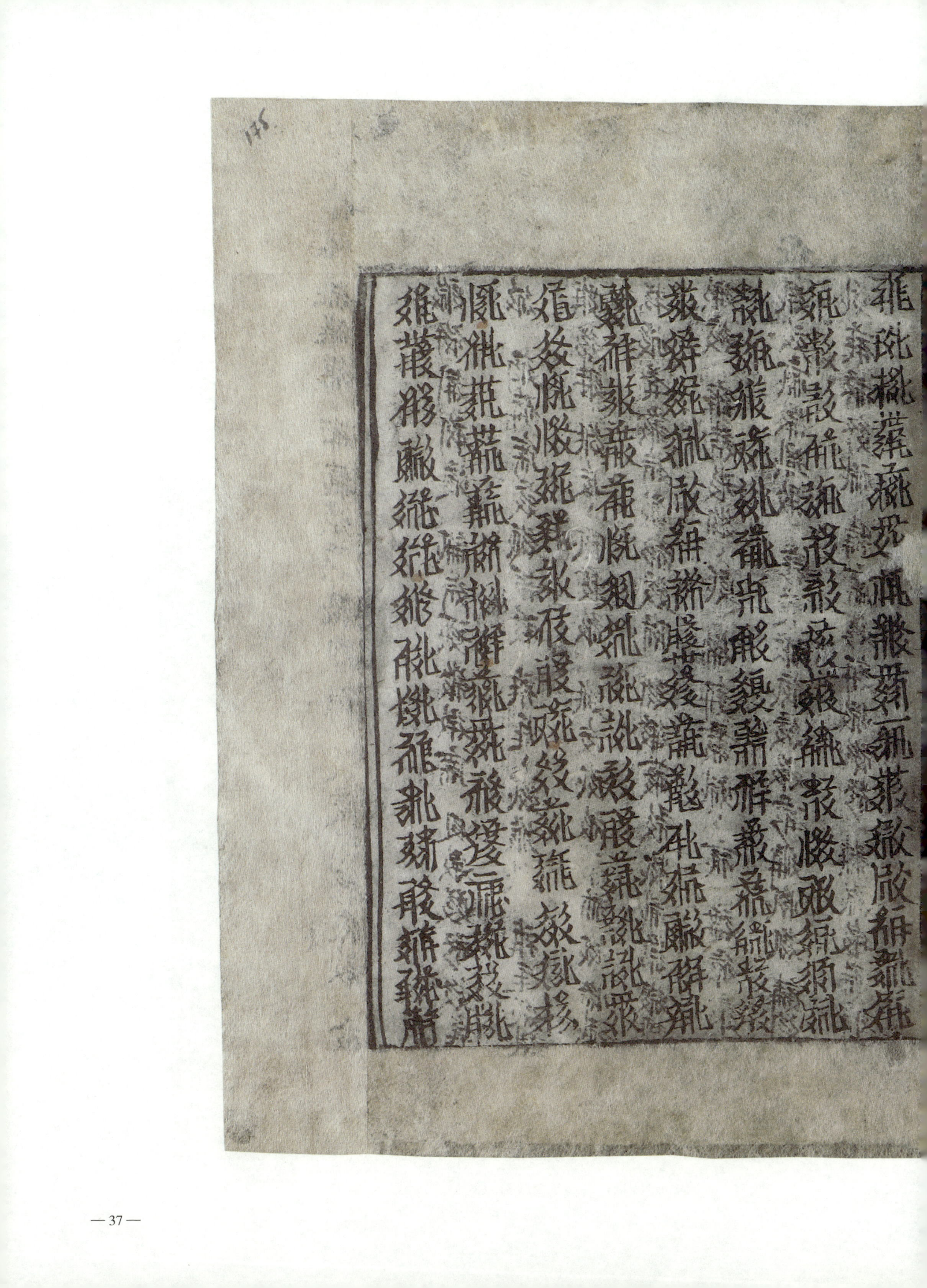

175

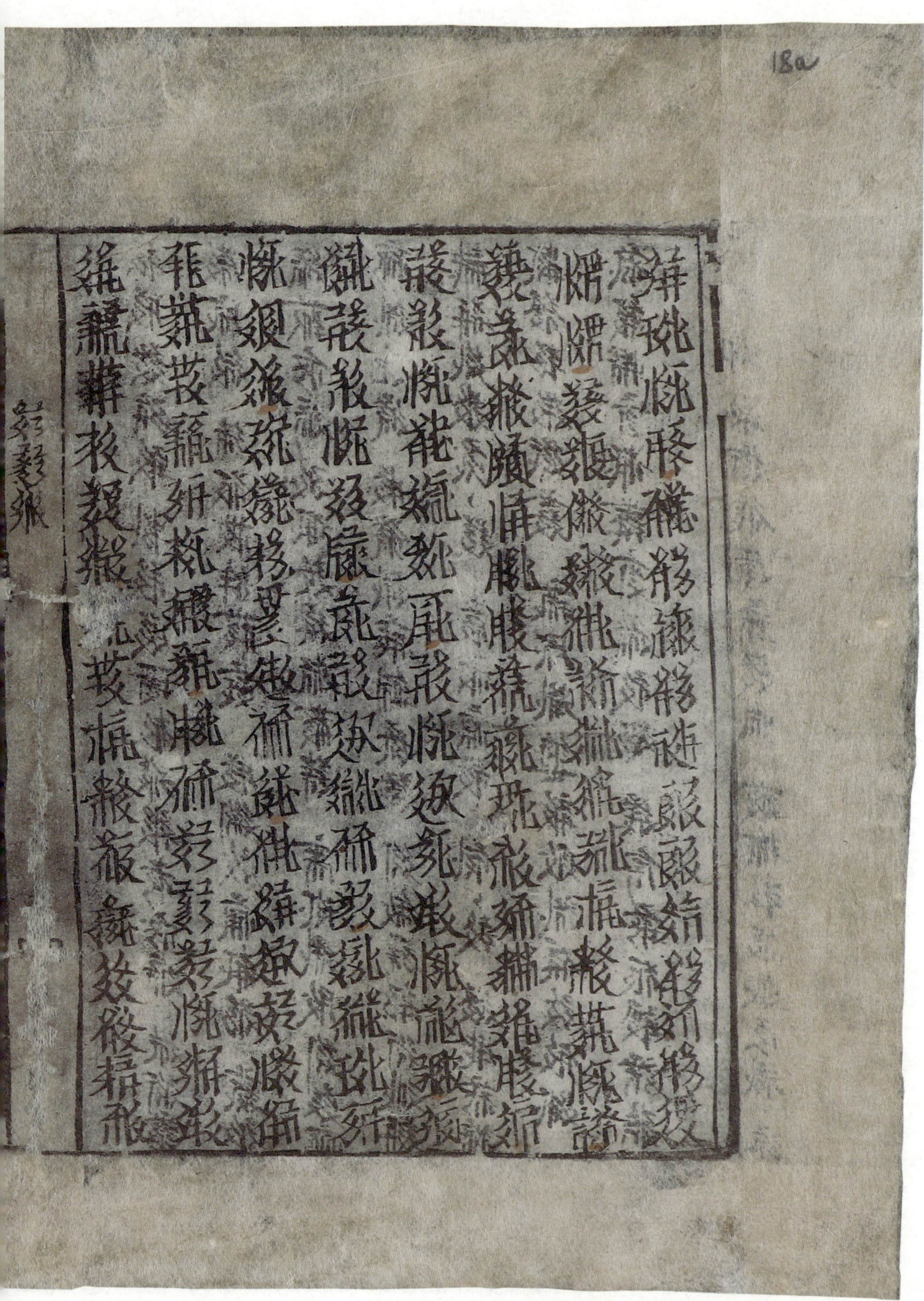

俄Инв.No.121　4.道理诗（31–18）

185

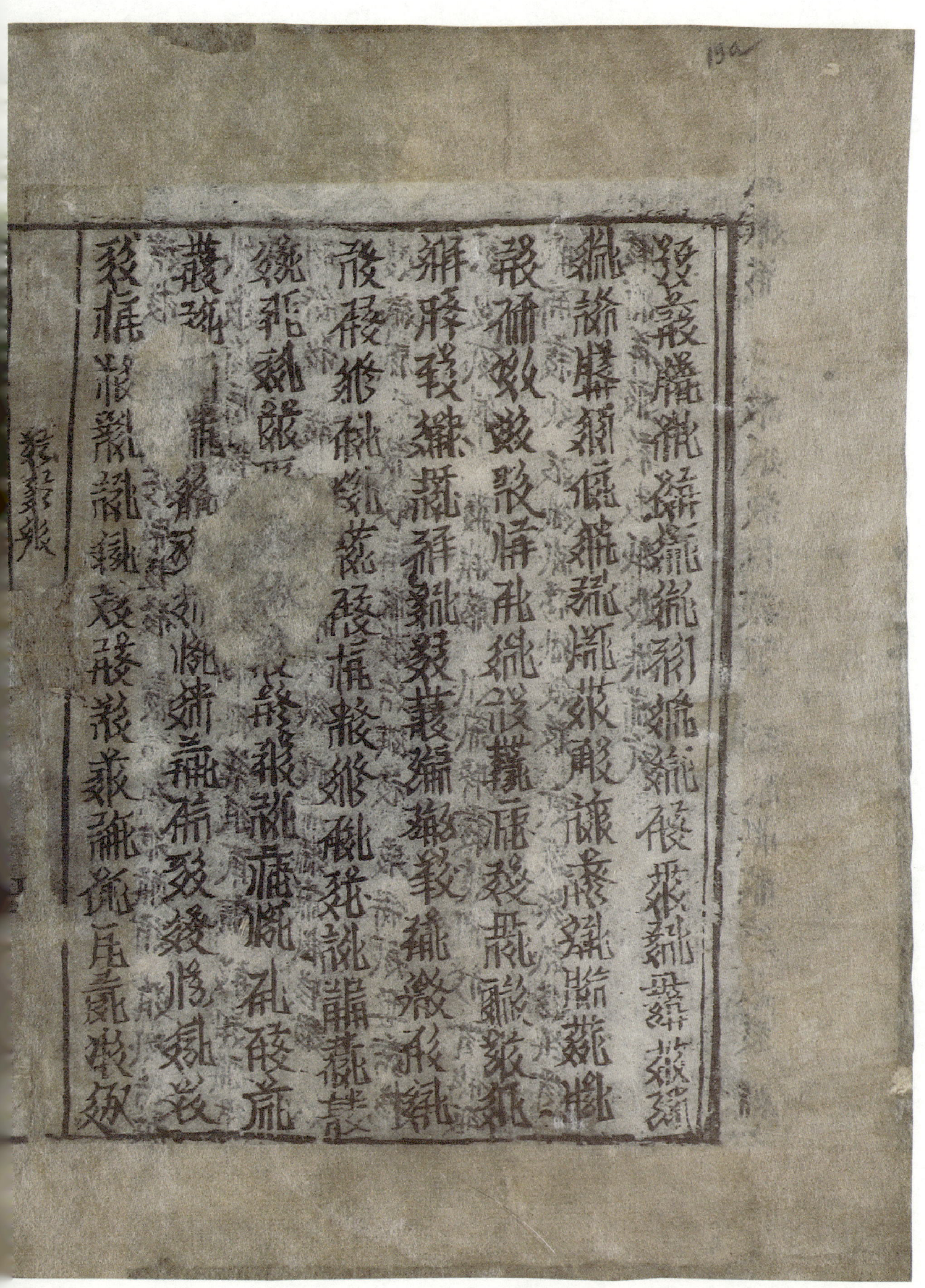

俄Инв.No.121　4.道理诗（31-19）

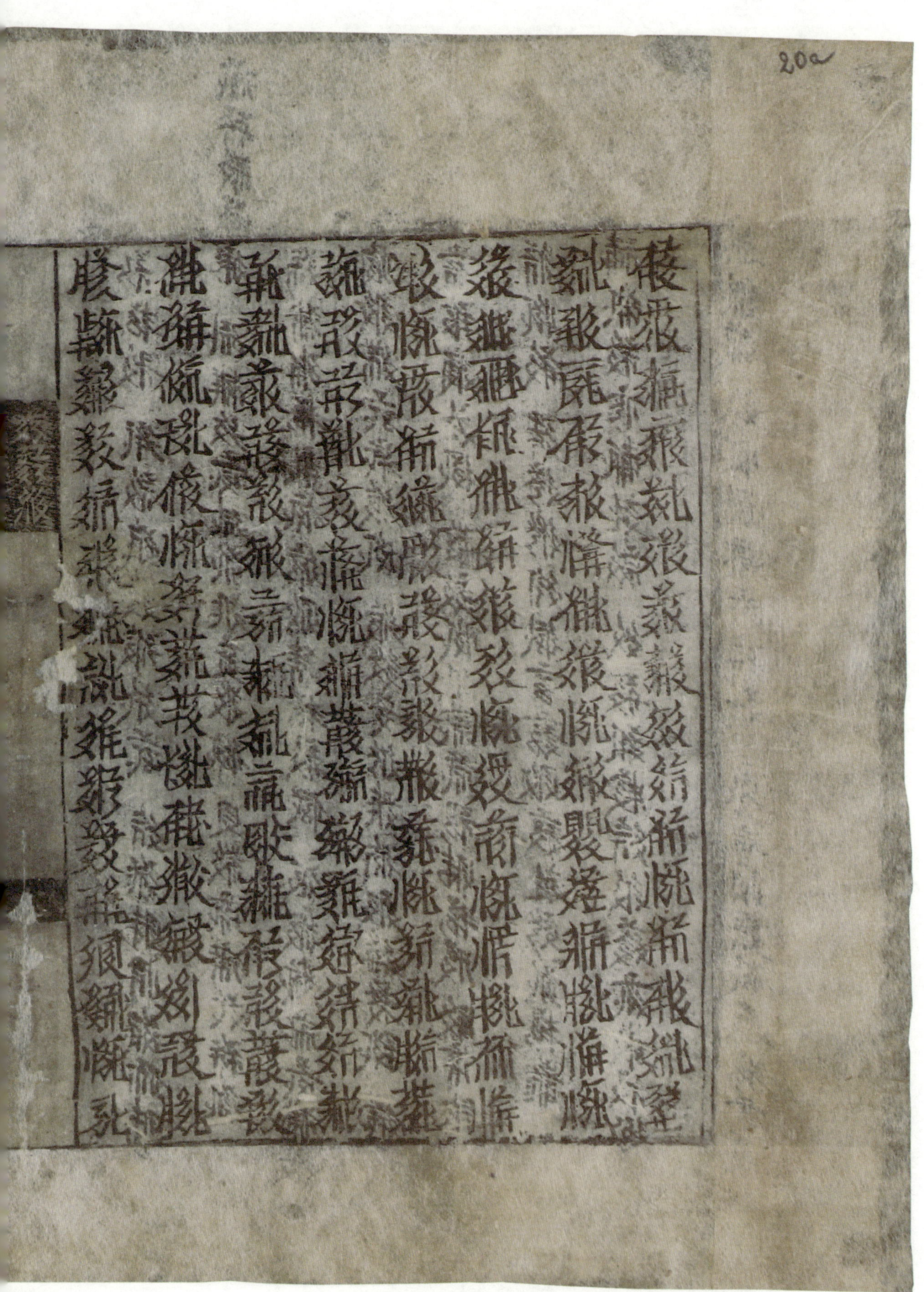

俄Инв.No.121 4.道理诗（31-20）

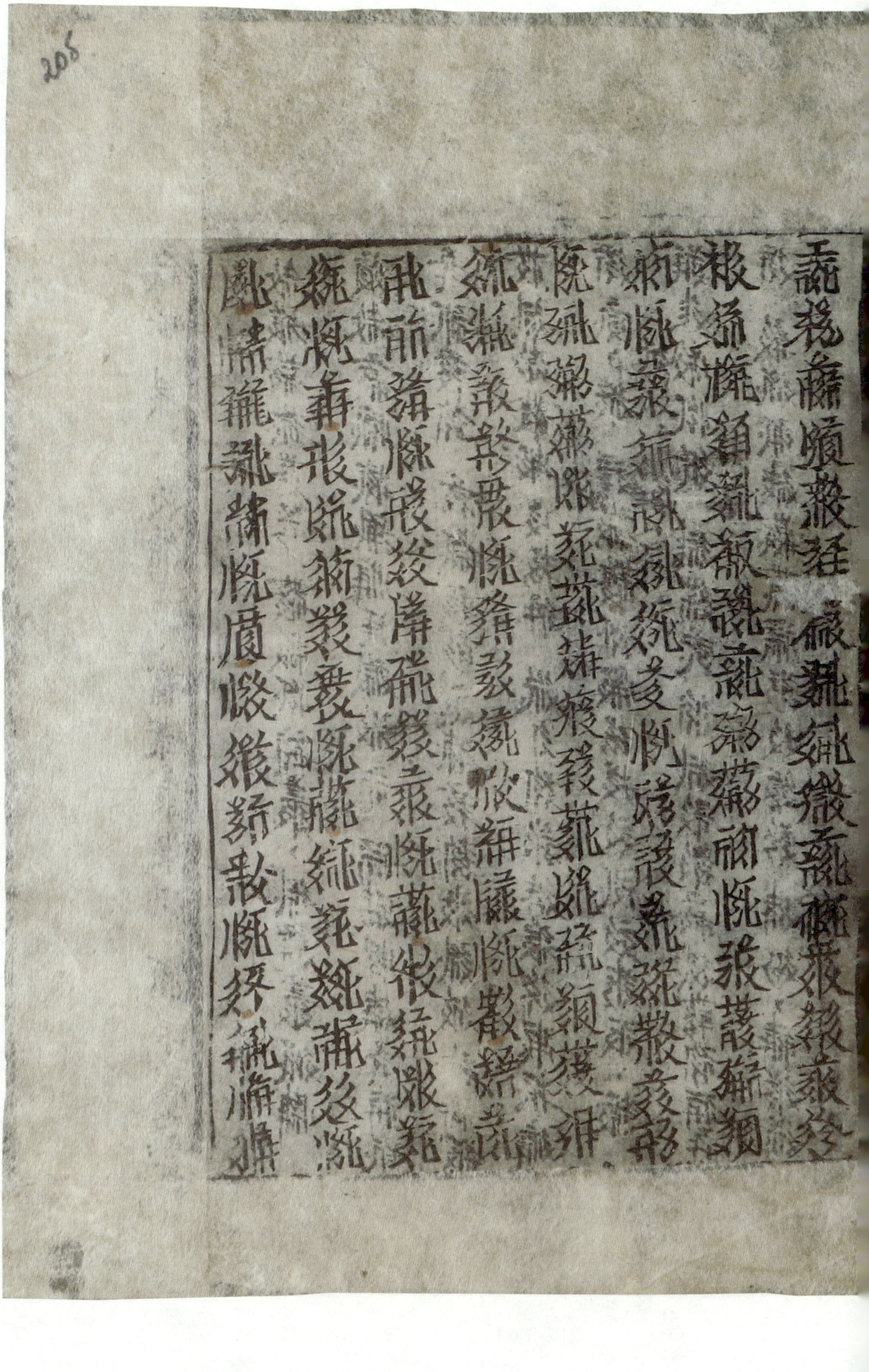

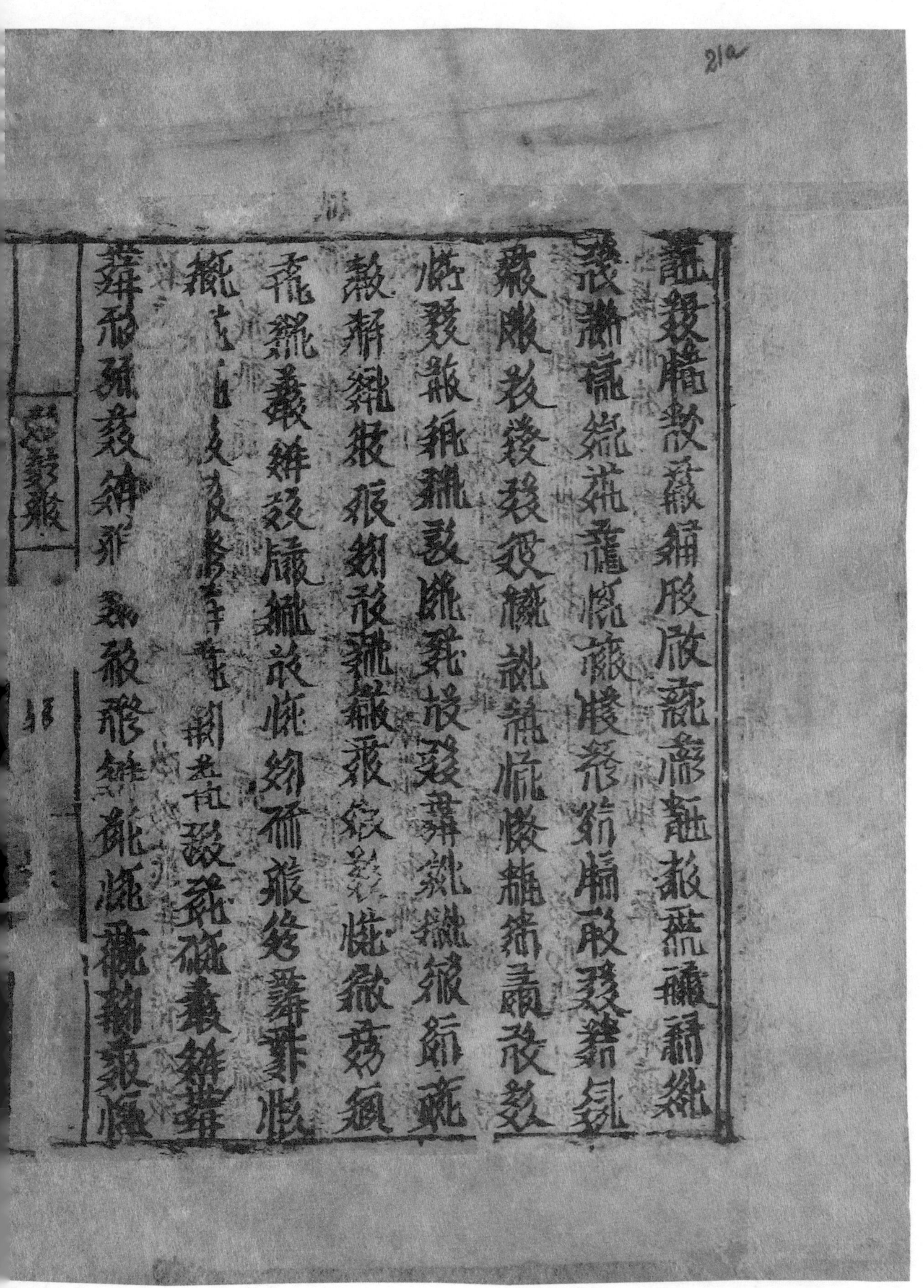

俄Инв.No.121　4.道理诗（31–21）

215

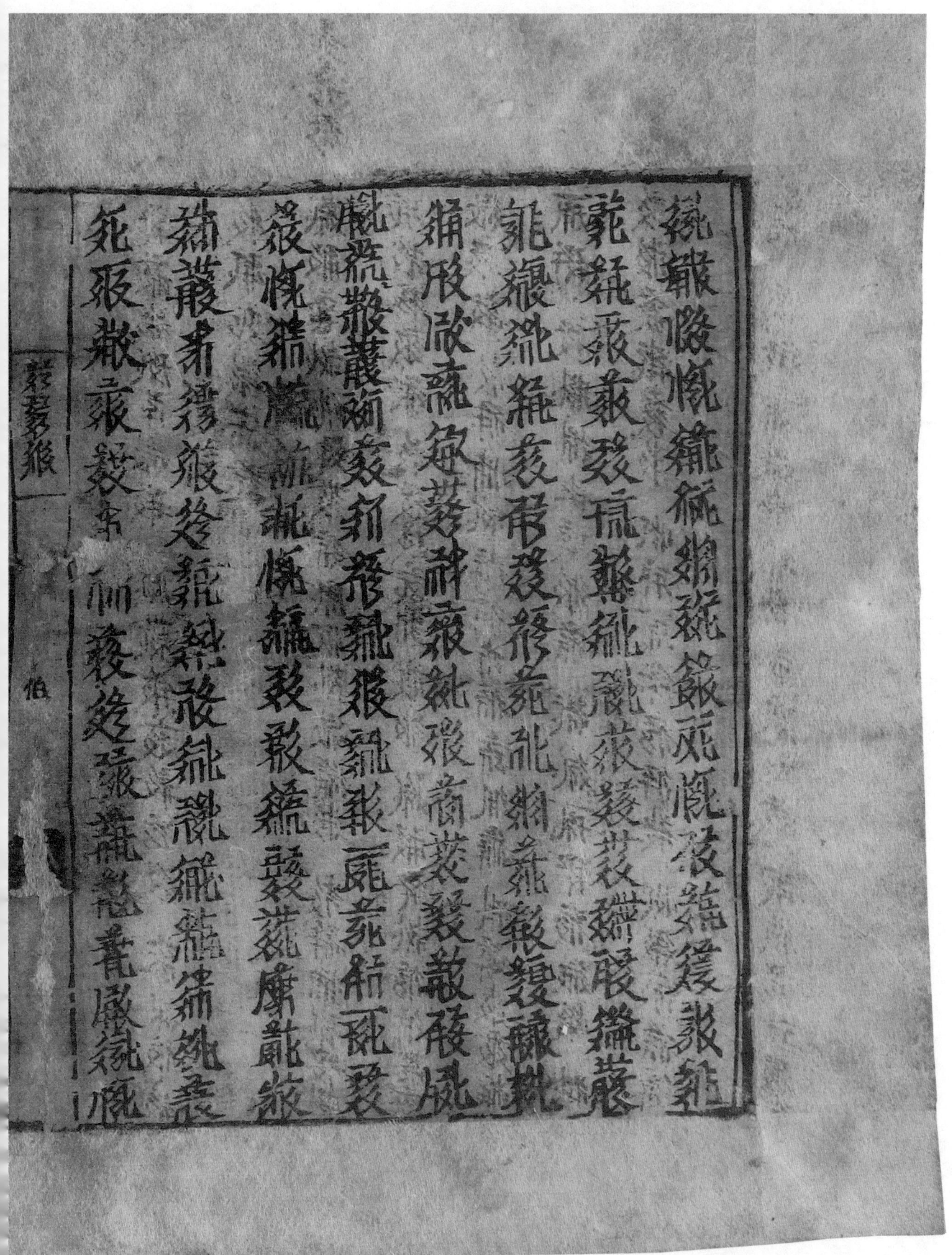

俄Инв.No.121　4.道理诗（31–22）

225

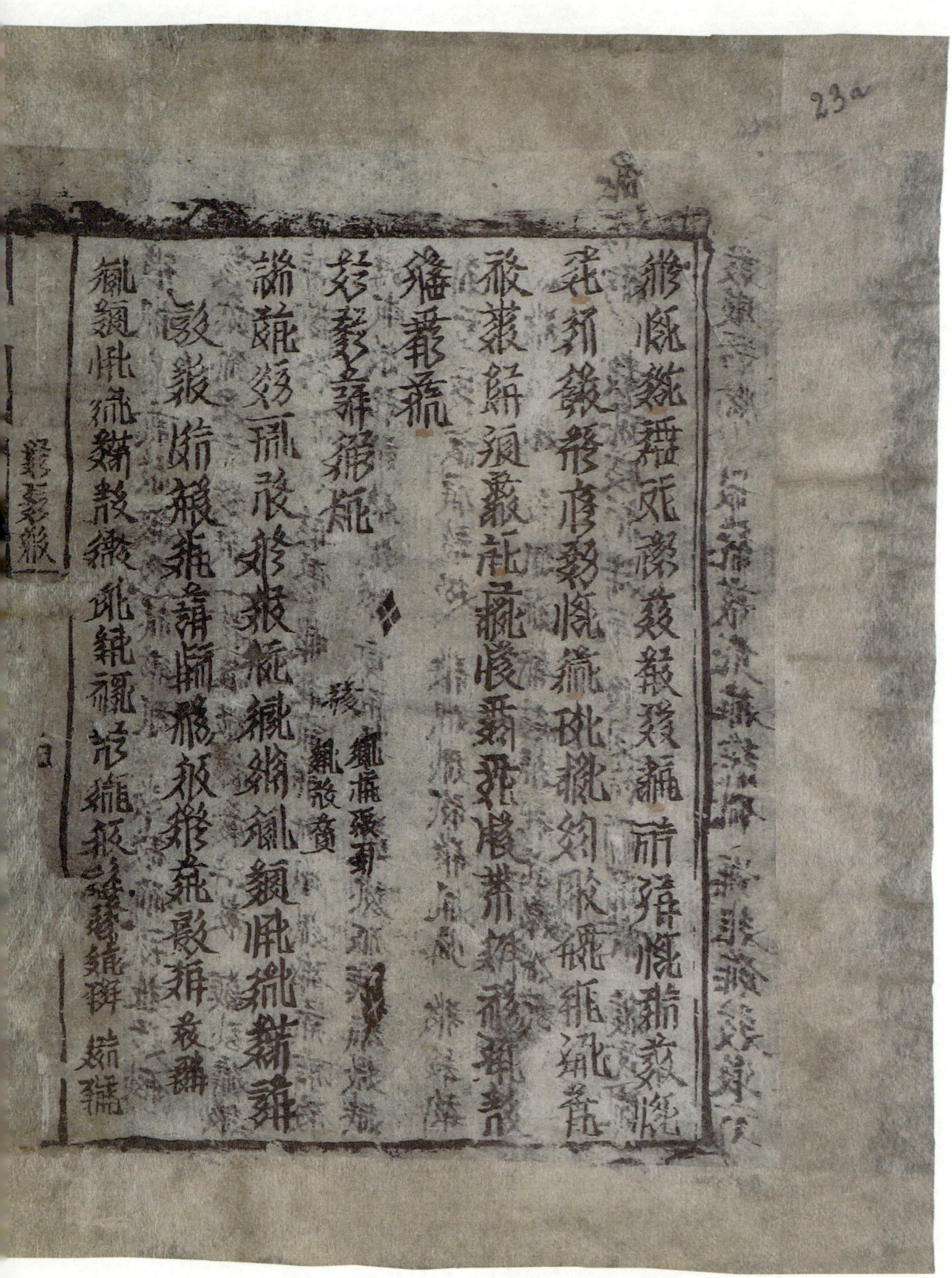

俄Инв.No.121　4.道理诗（31–23）

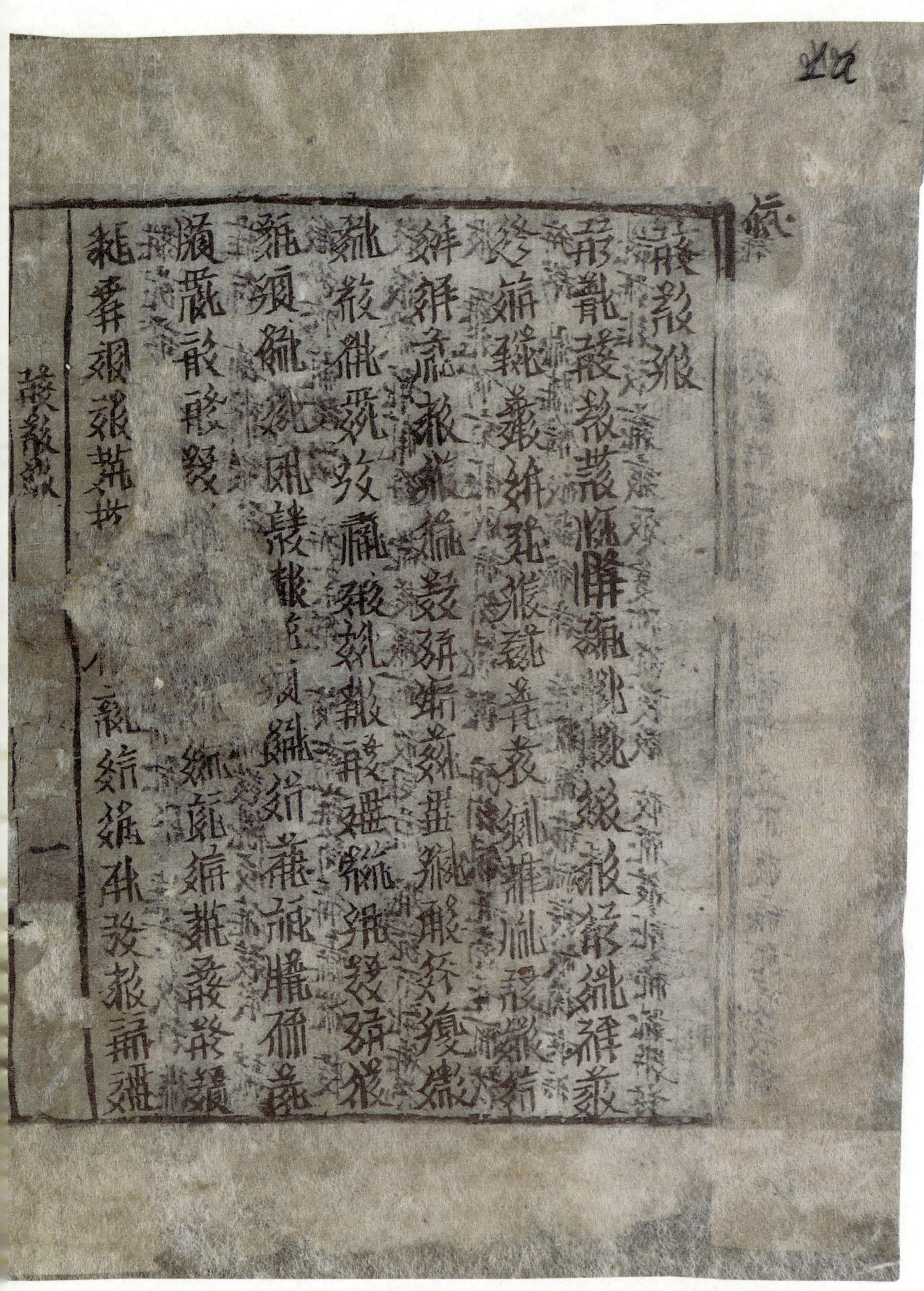

俄Инв.No.121　5.聪颖诗（31–24）

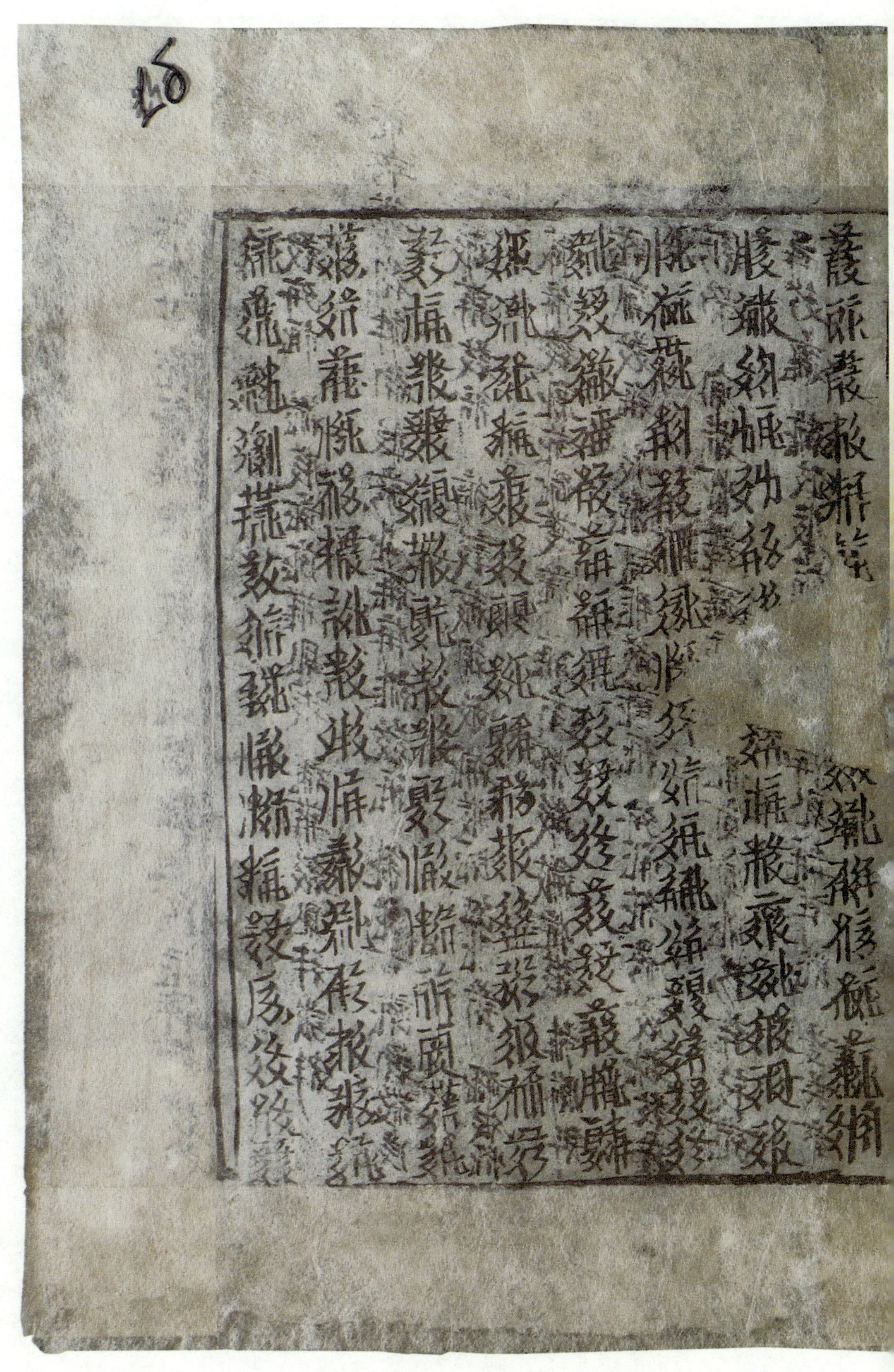

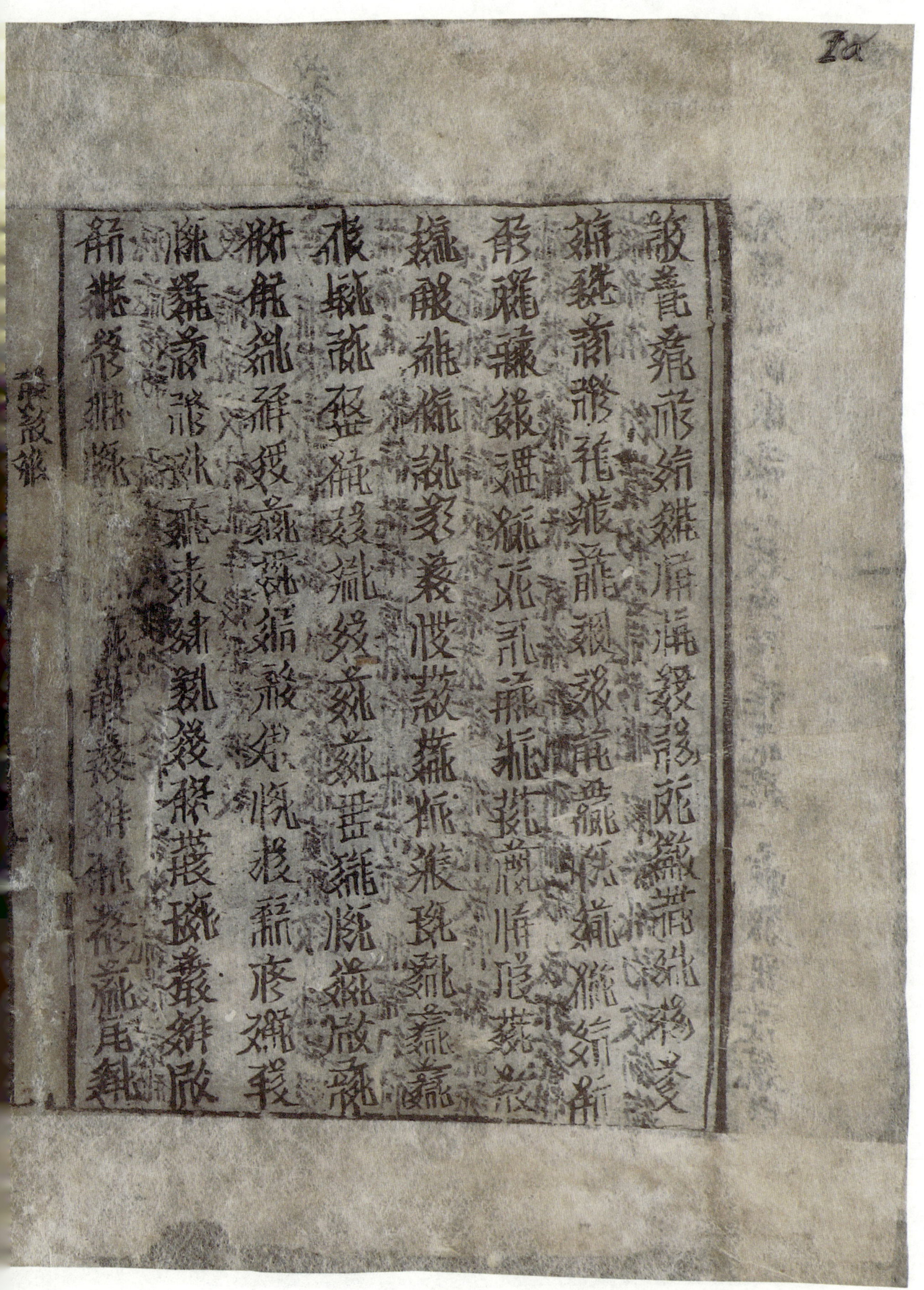

俄Инв.No.121　5.聪颖诗（31–25）

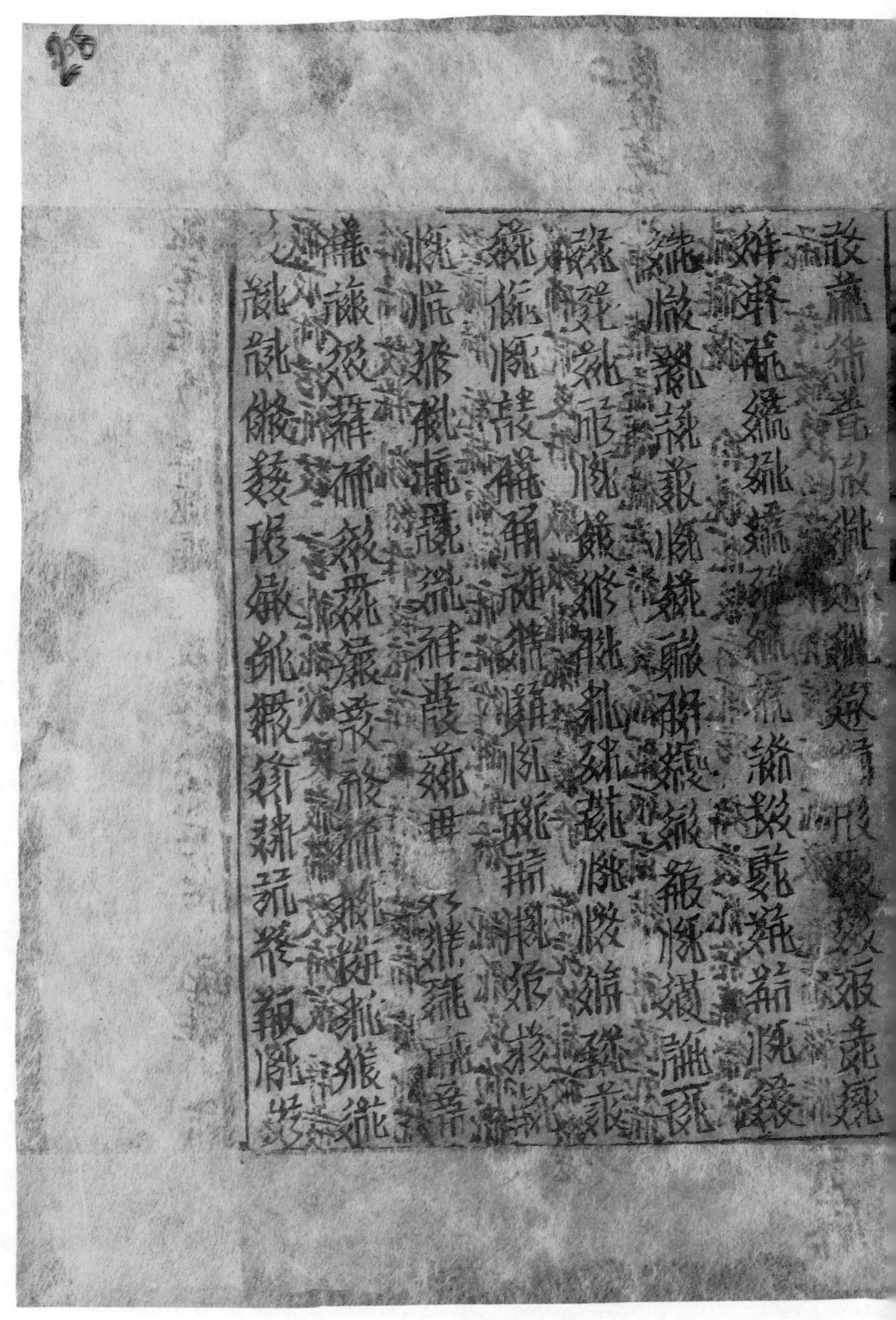

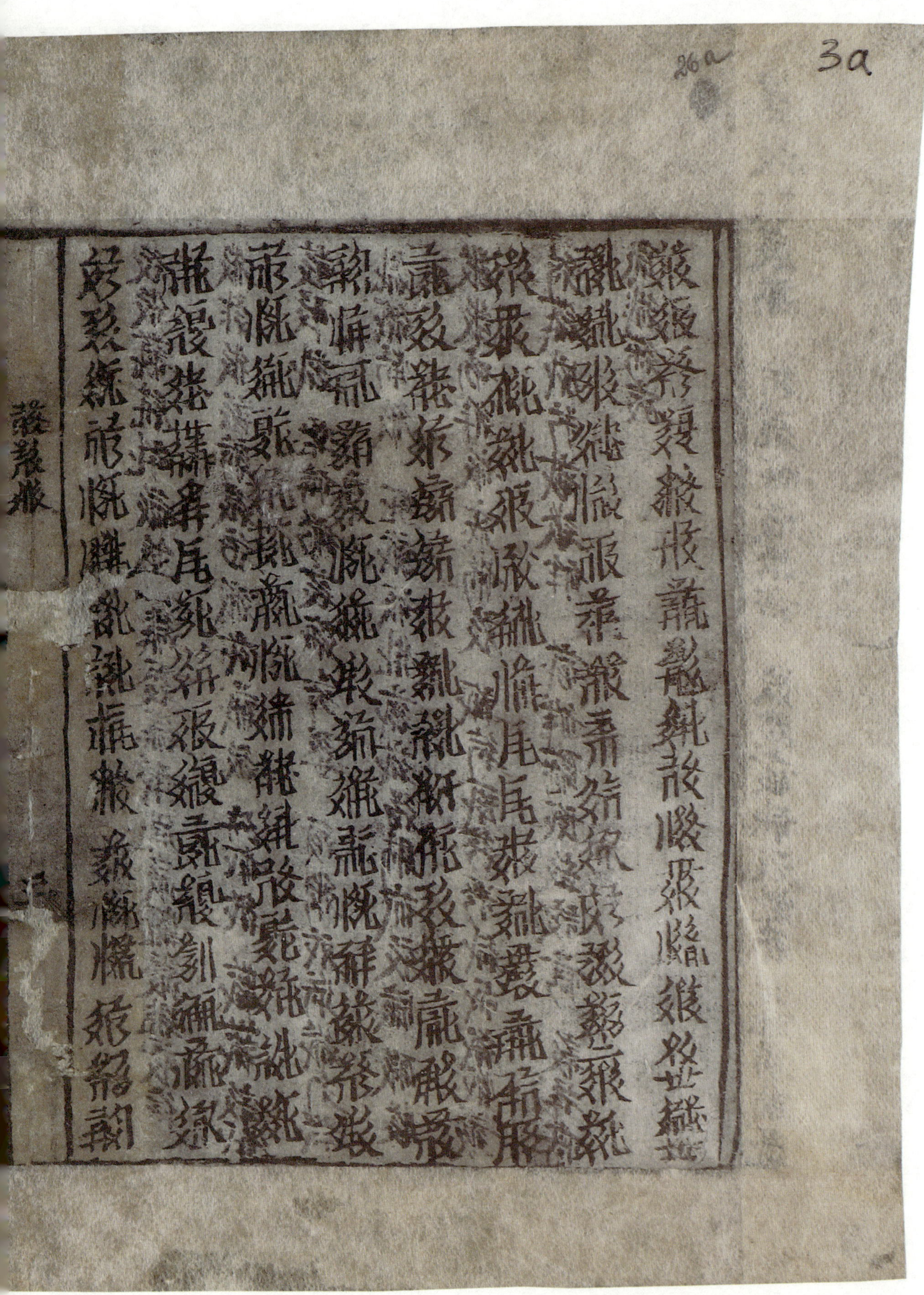

俄Инв.No.121　5.聪颖诗（31–26）

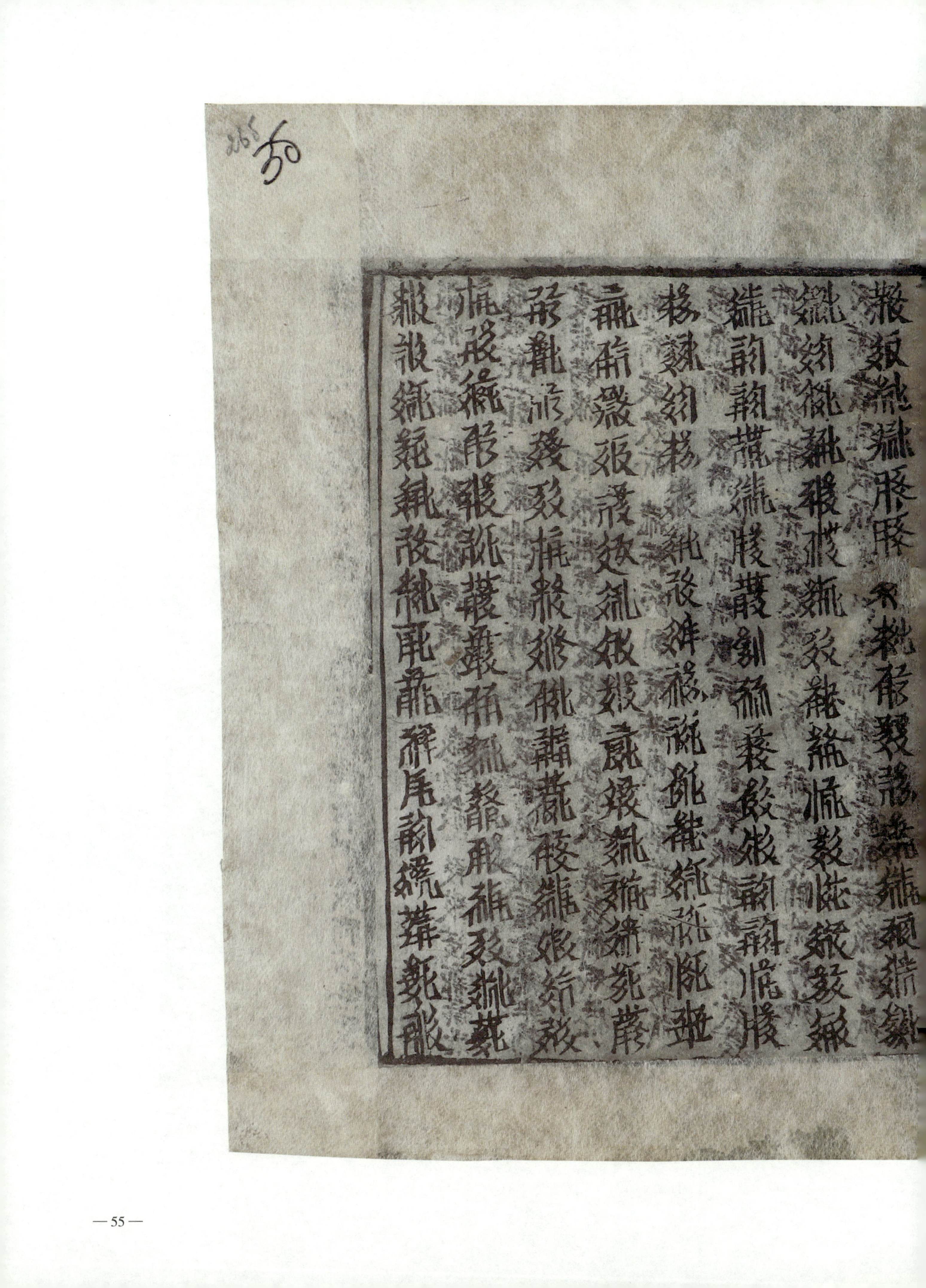

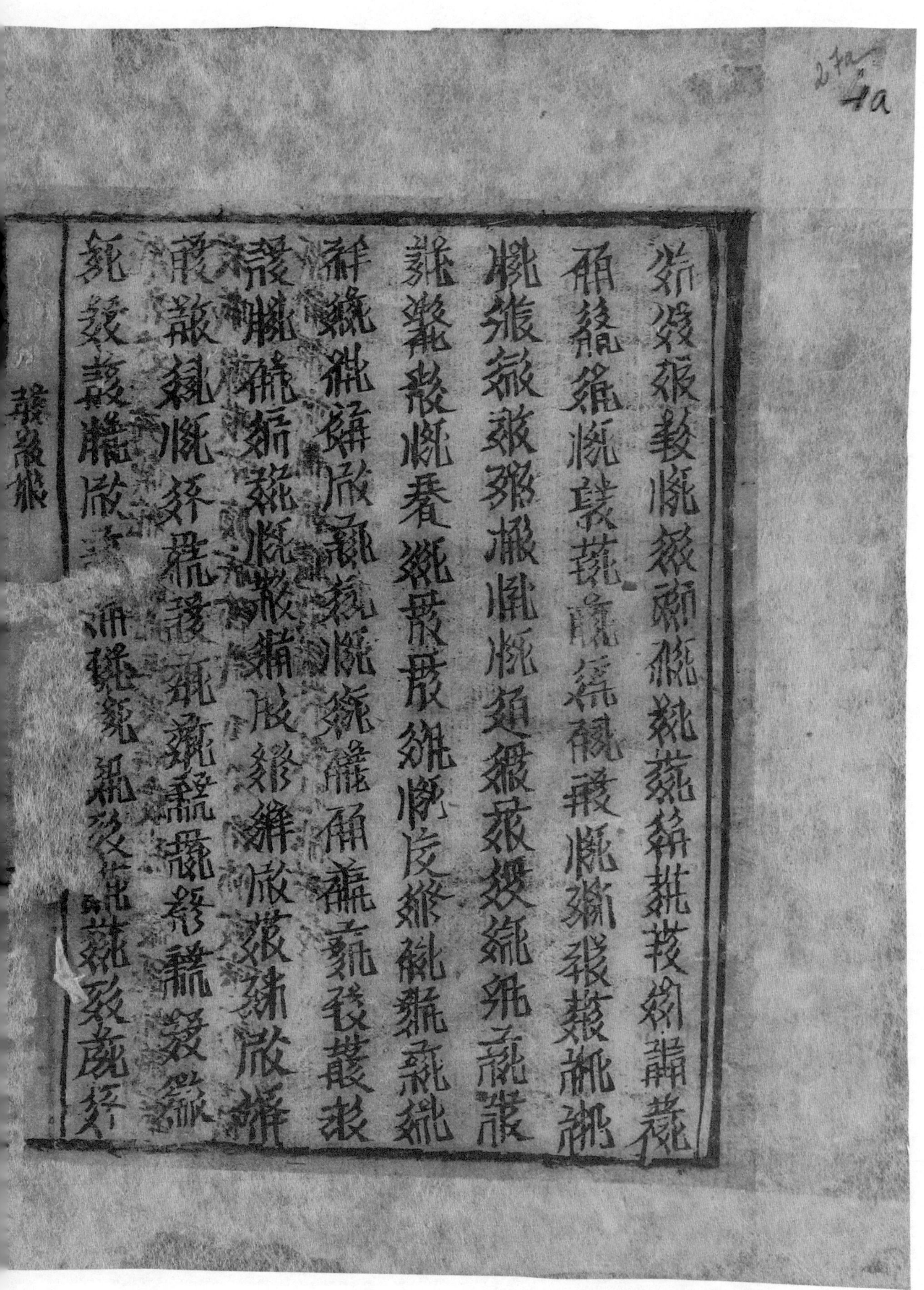

俄Инв.No.121　5.聪颖诗（31–27）

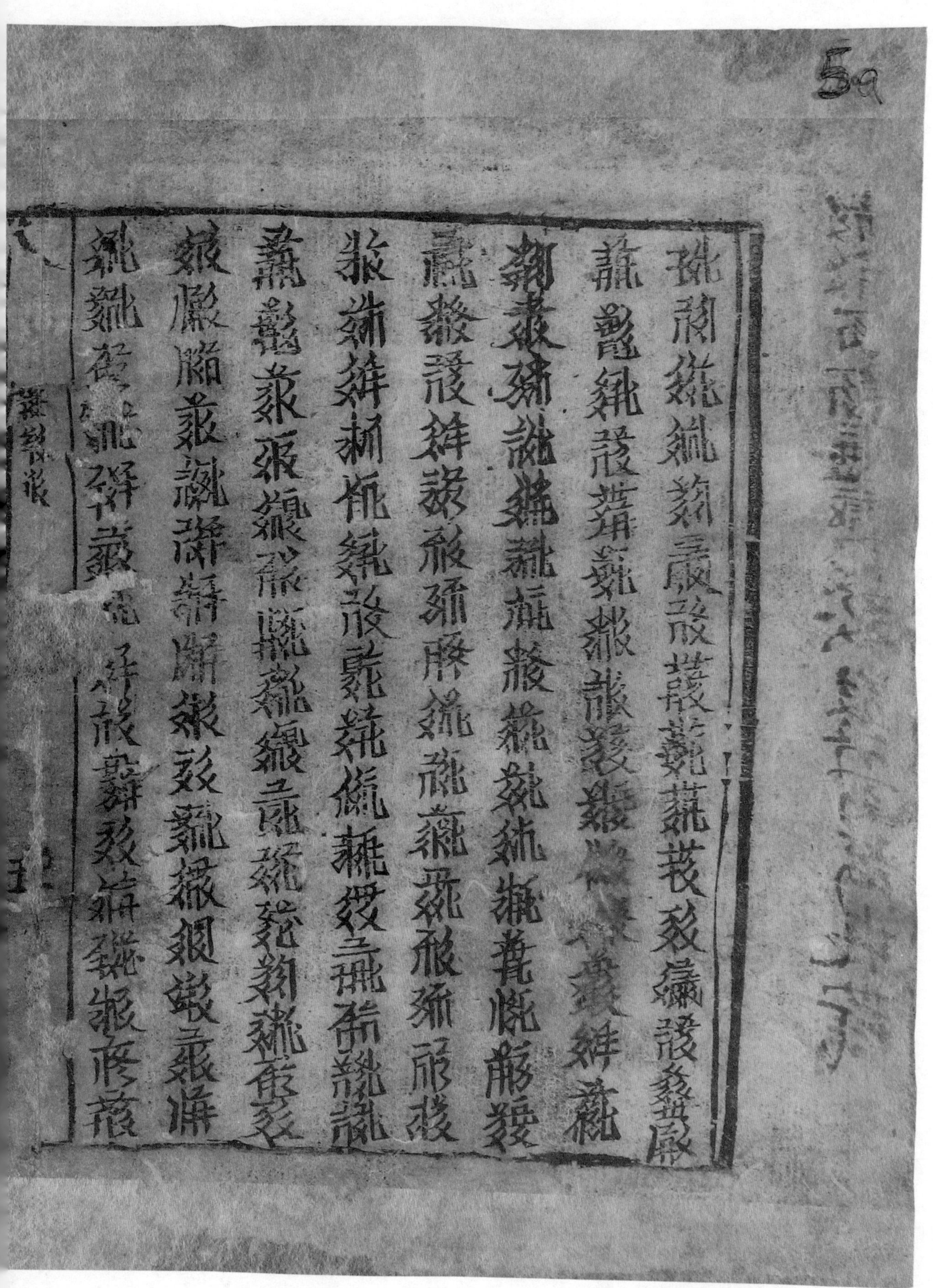

俄Инв.No.121　5.聪颖诗（31–28）

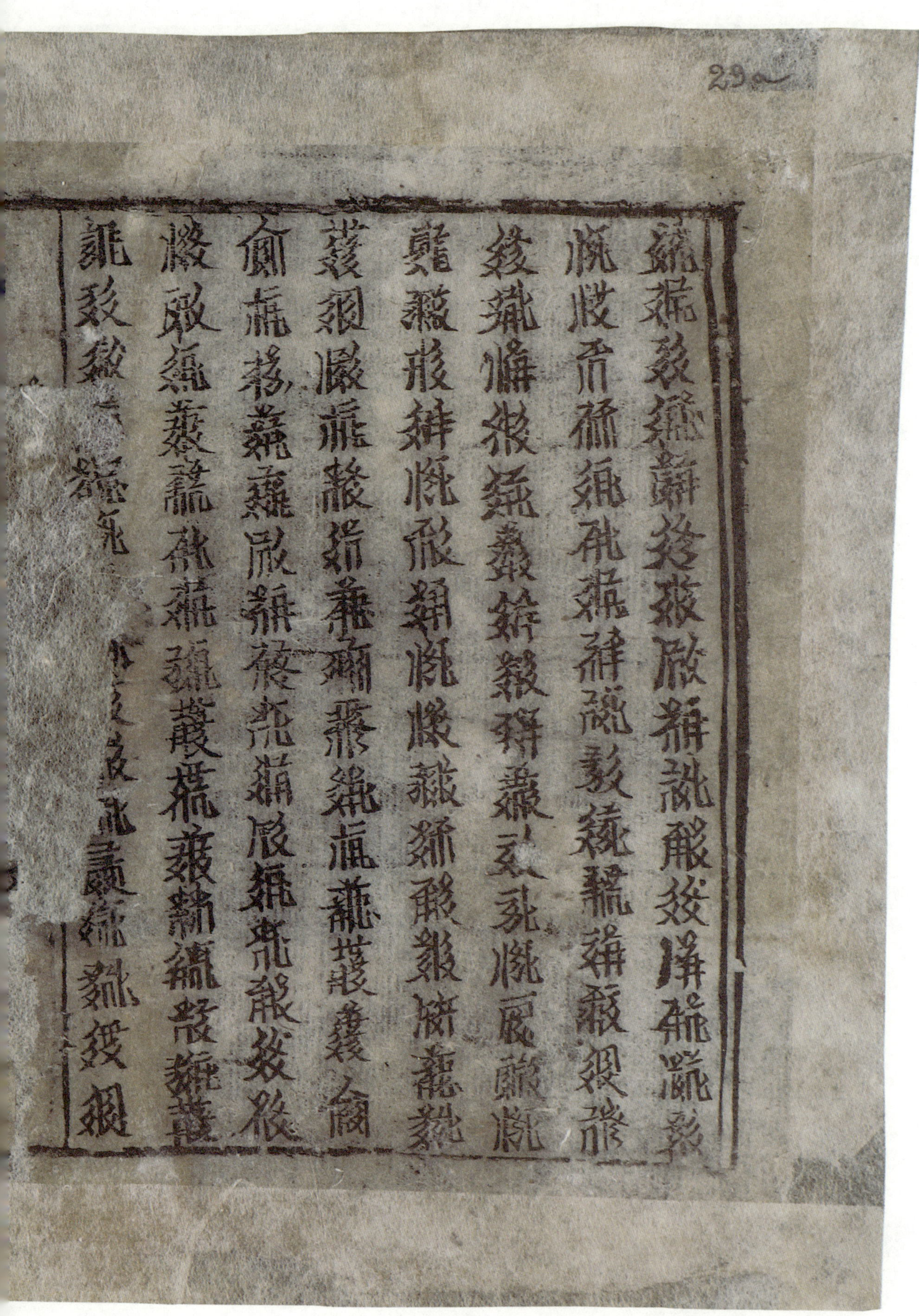

俄Инв.No.121　5.聪颖诗（31–29）

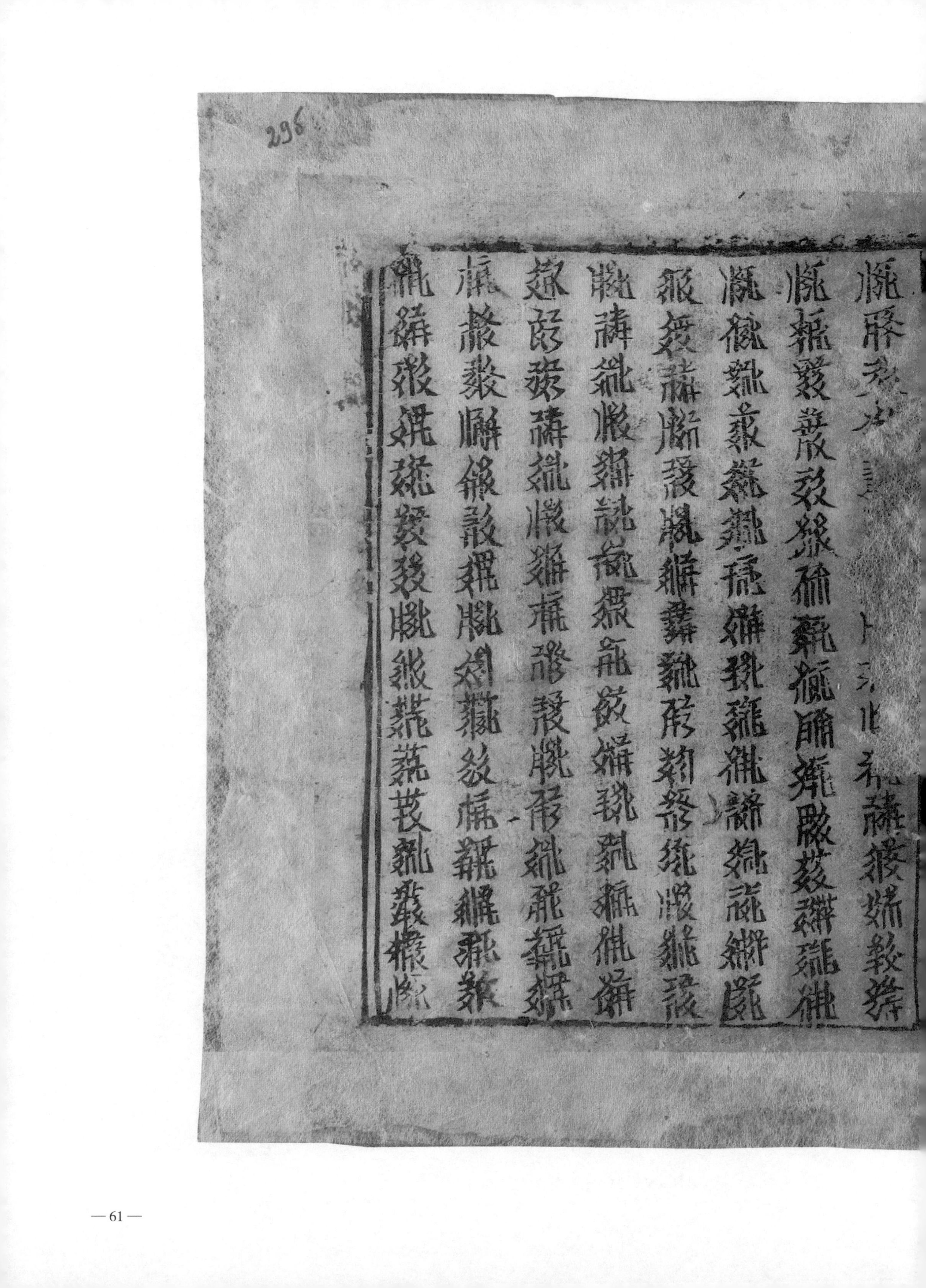

296

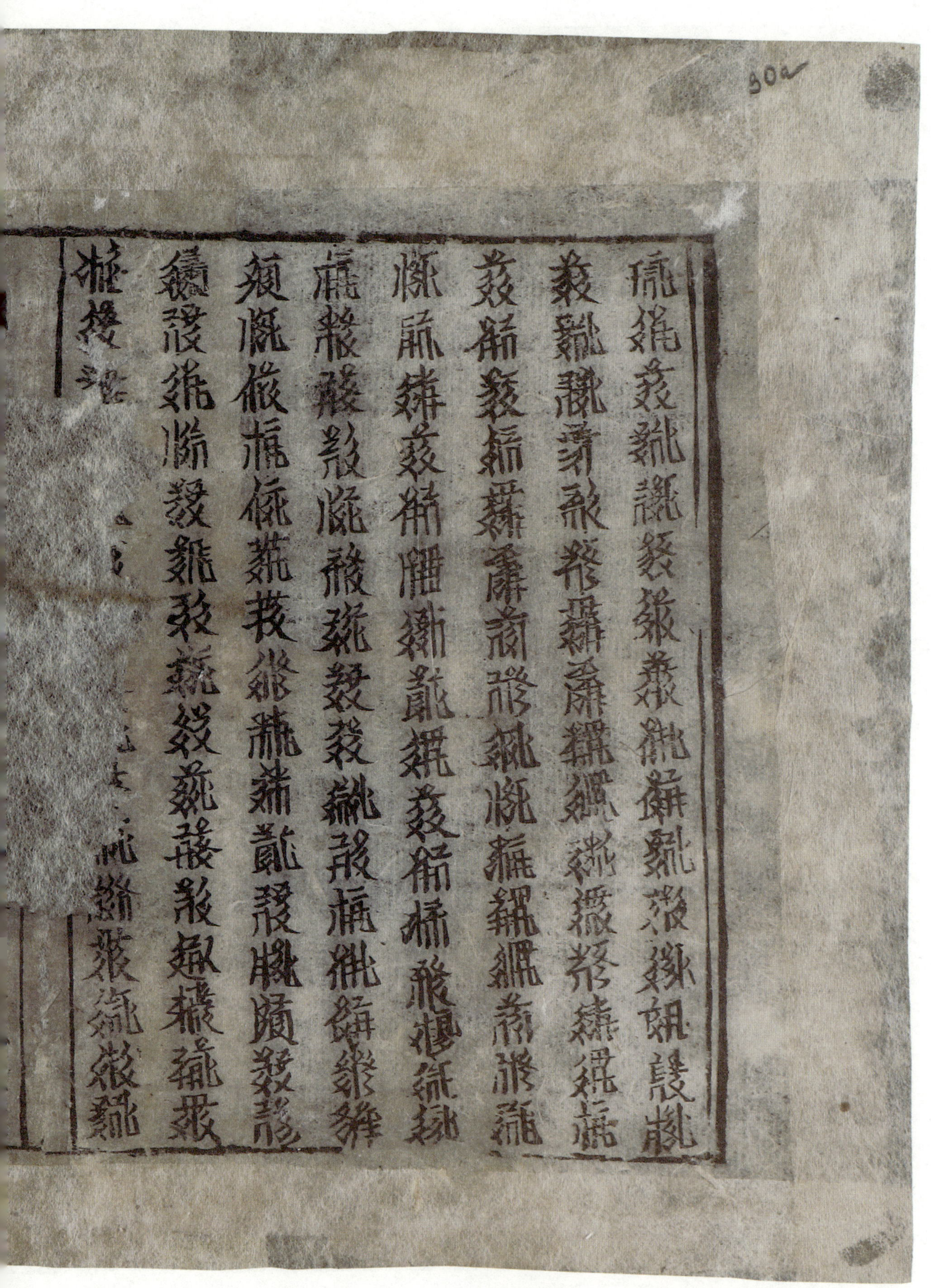

俄Инв.No.121　5.聪颖诗（31–30）

305

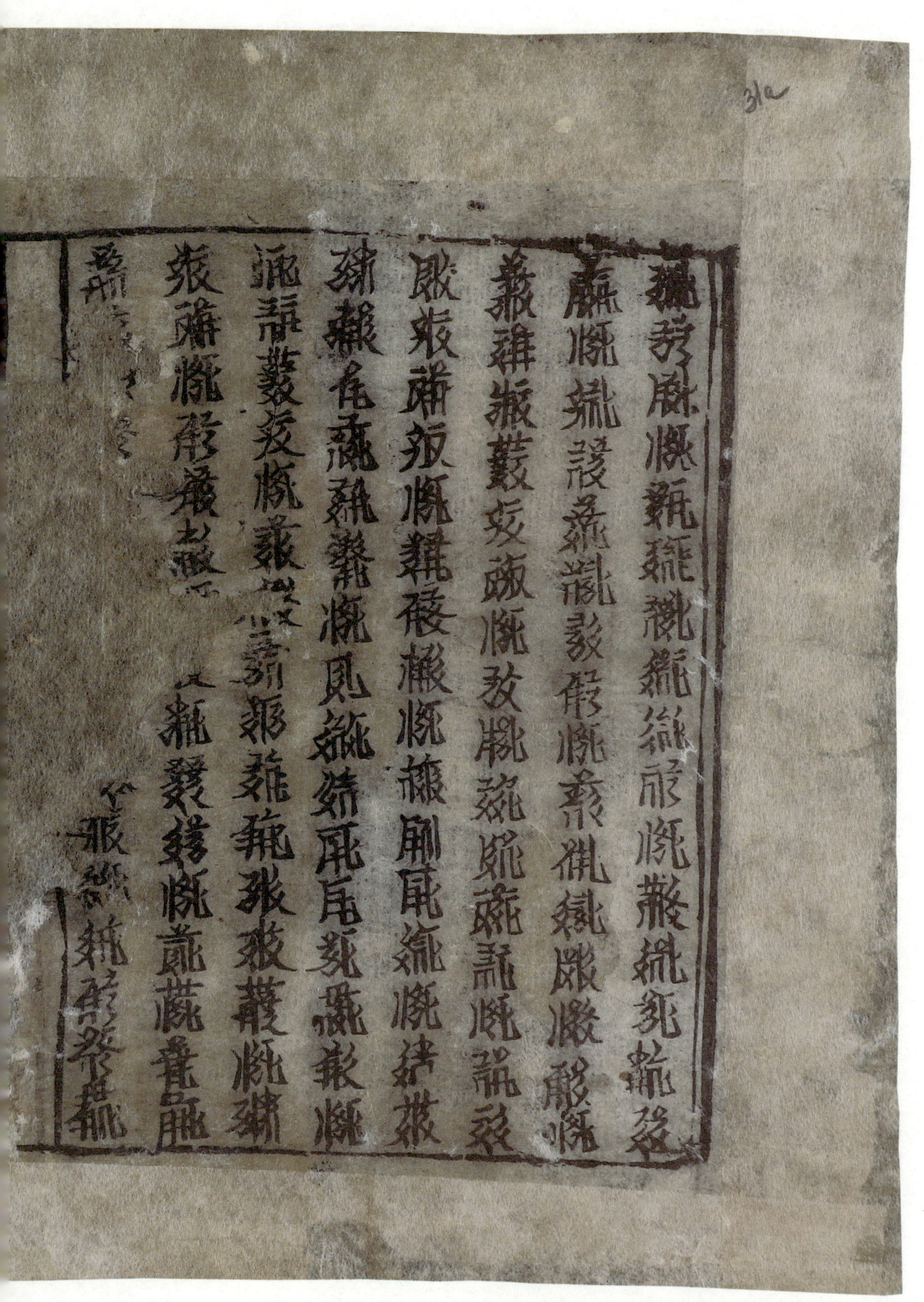

俄Инв.No.121　5.聪颖诗（31–31）

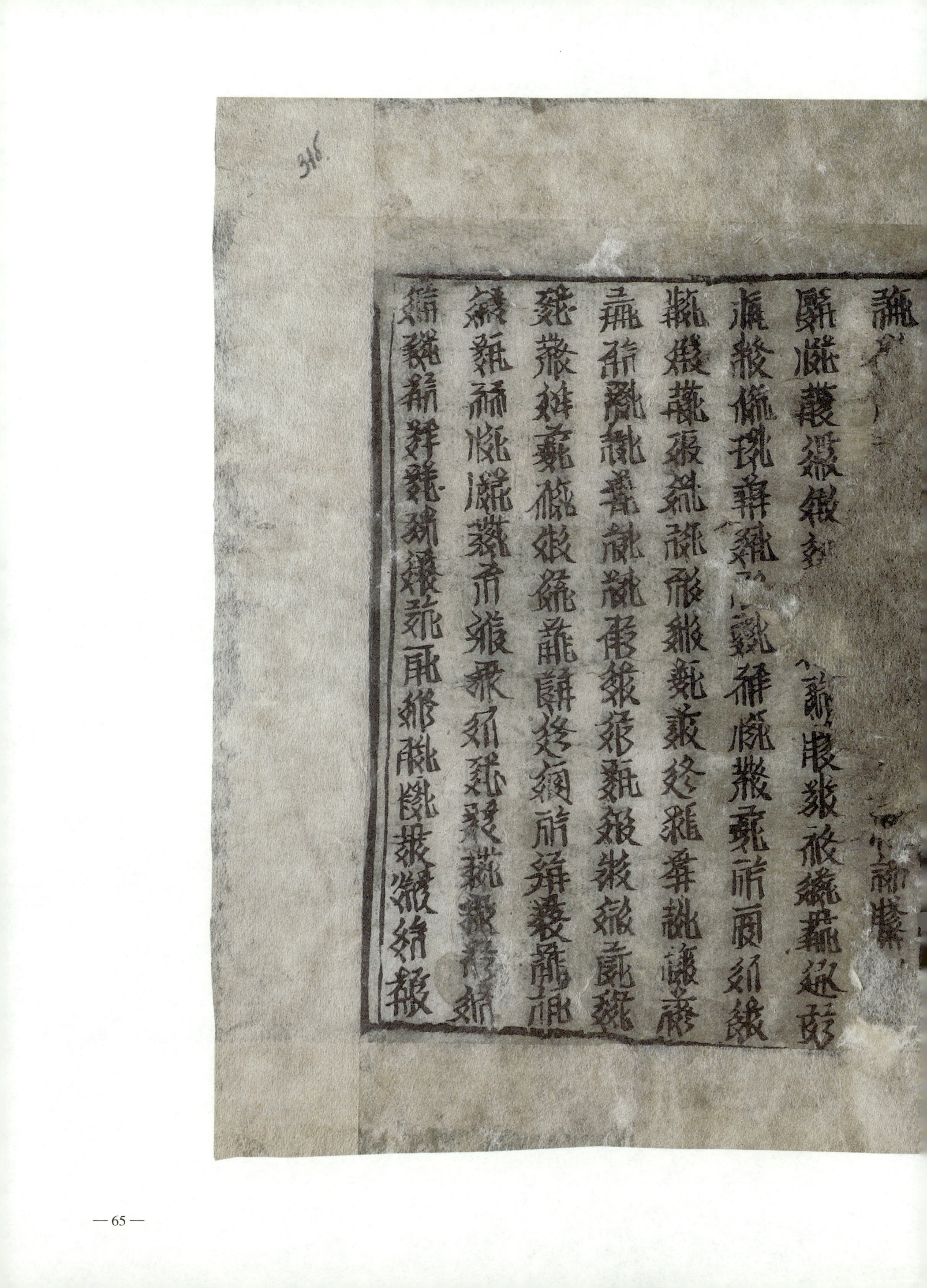

俄Инв.No.121V　宫廷诗集（甲种本）

俄Инв.No.121V　宫廷诗集（甲种本）（29-1）

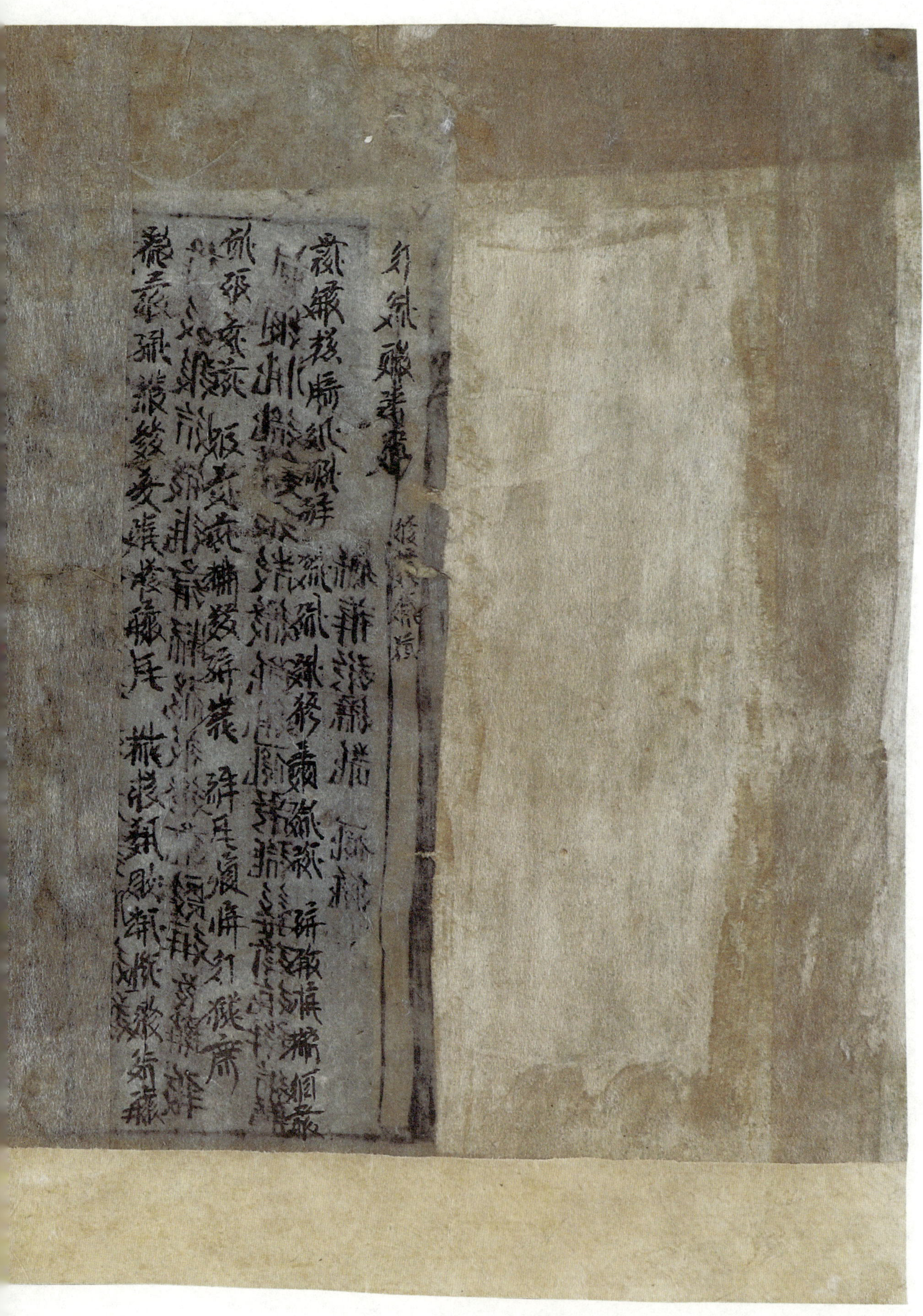

俄Инв.No.121V　宫廷诗集（甲种本）（29-2）

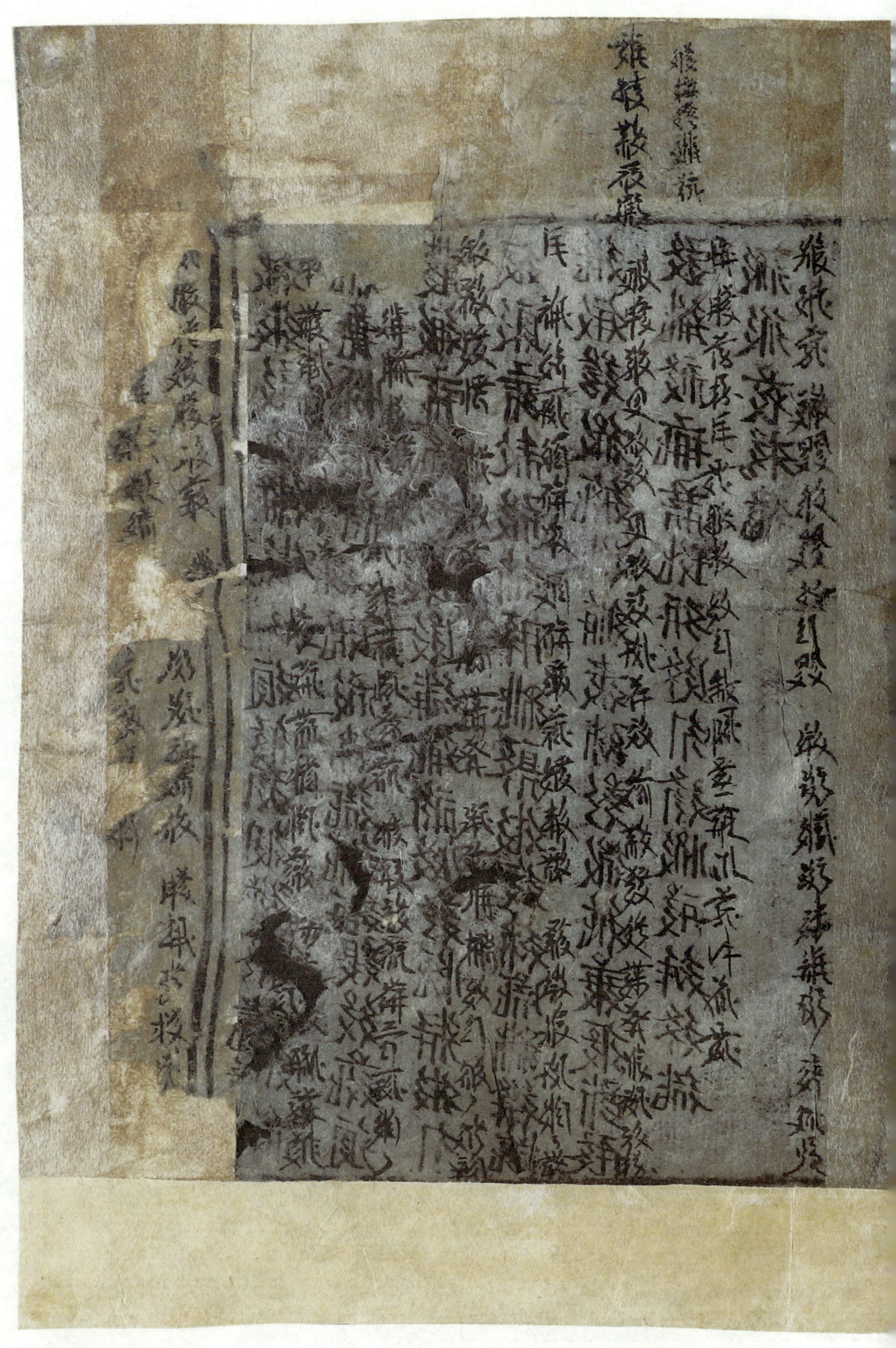

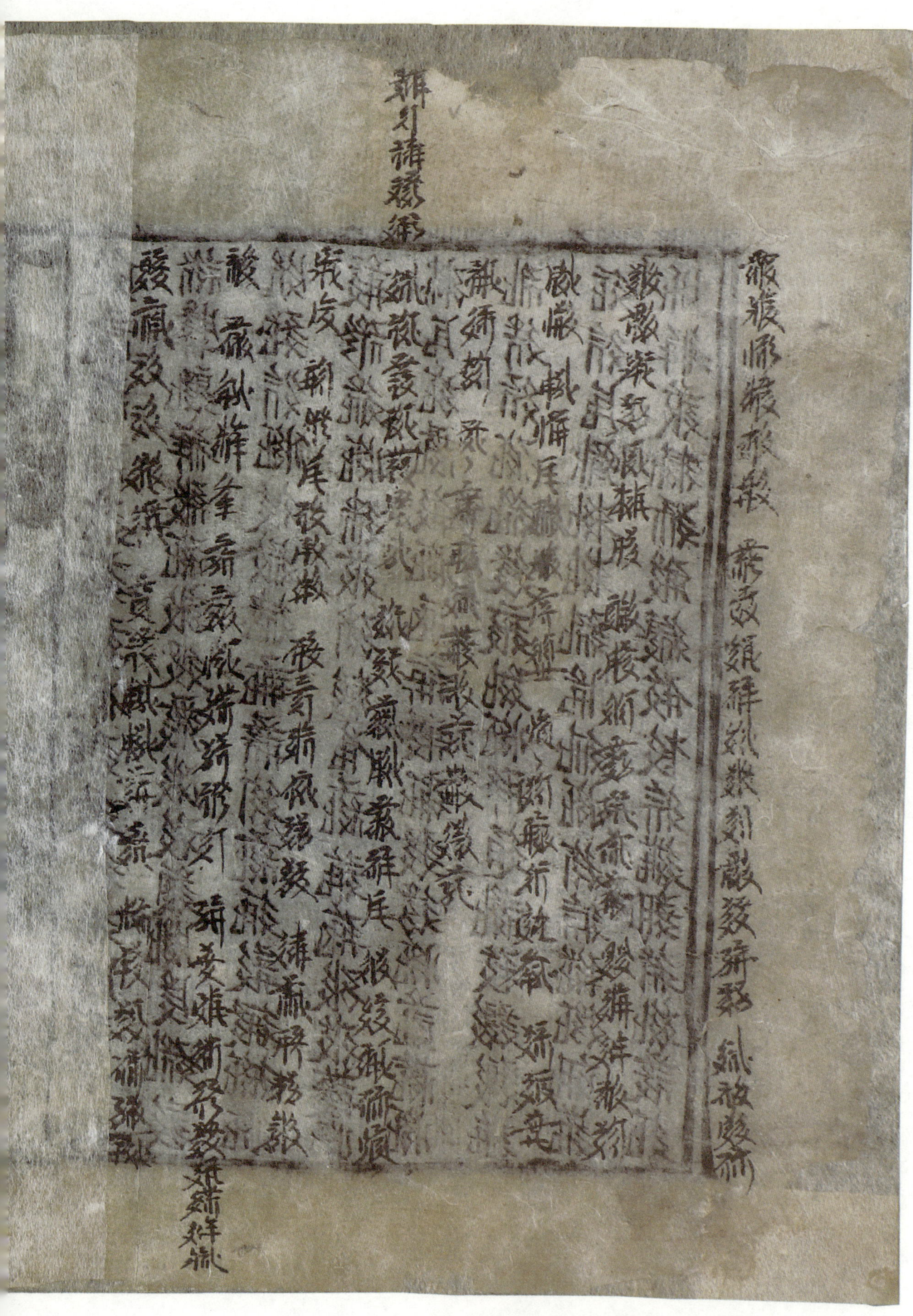

俄Инв.No.121V 宫廷诗集（甲种本）（29-3）

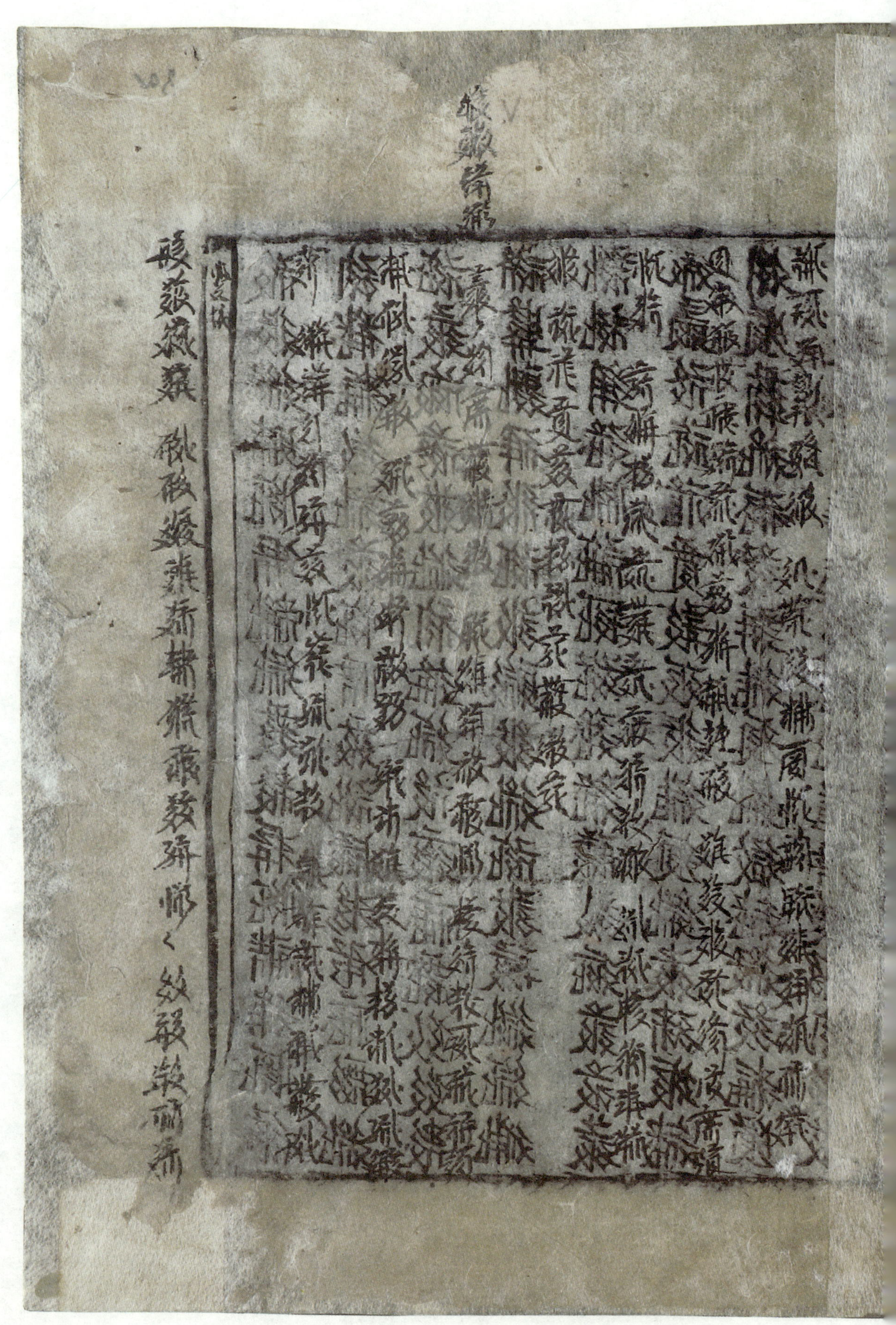

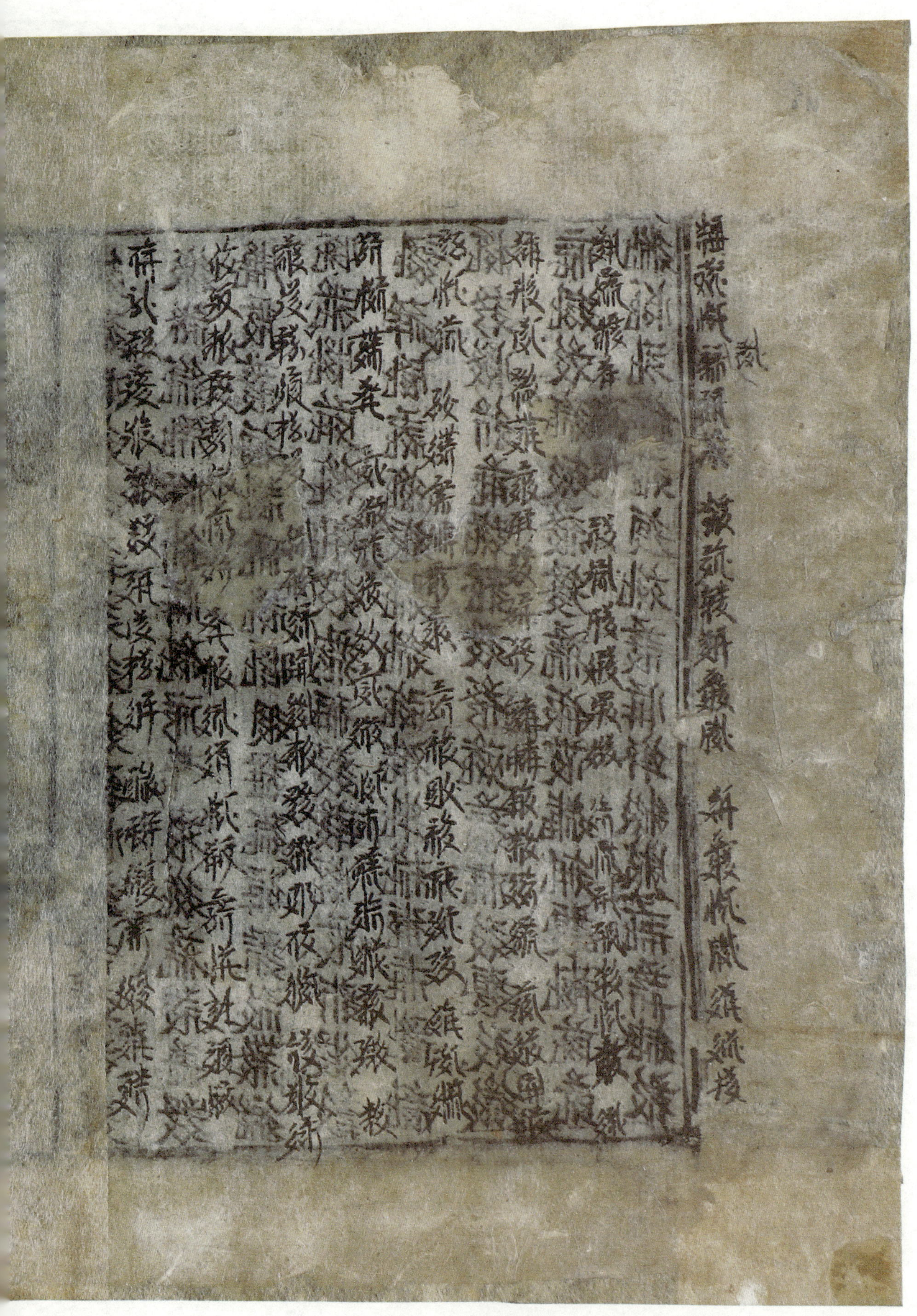

俄Инв.No.121V　宫廷诗集（甲种本）（29–4）

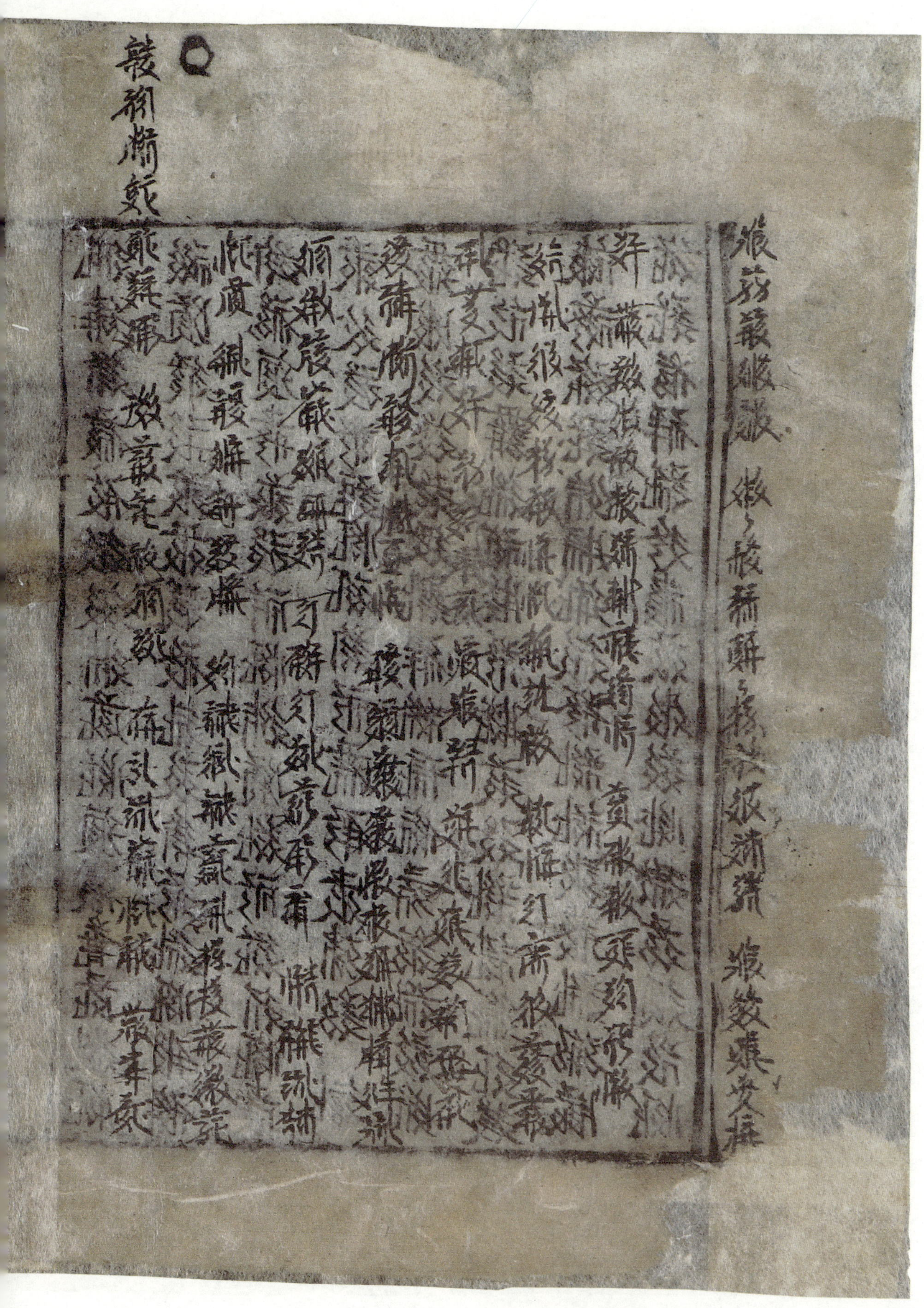

俄Инв.No.121V　宫廷诗集（甲种本）（29-5）

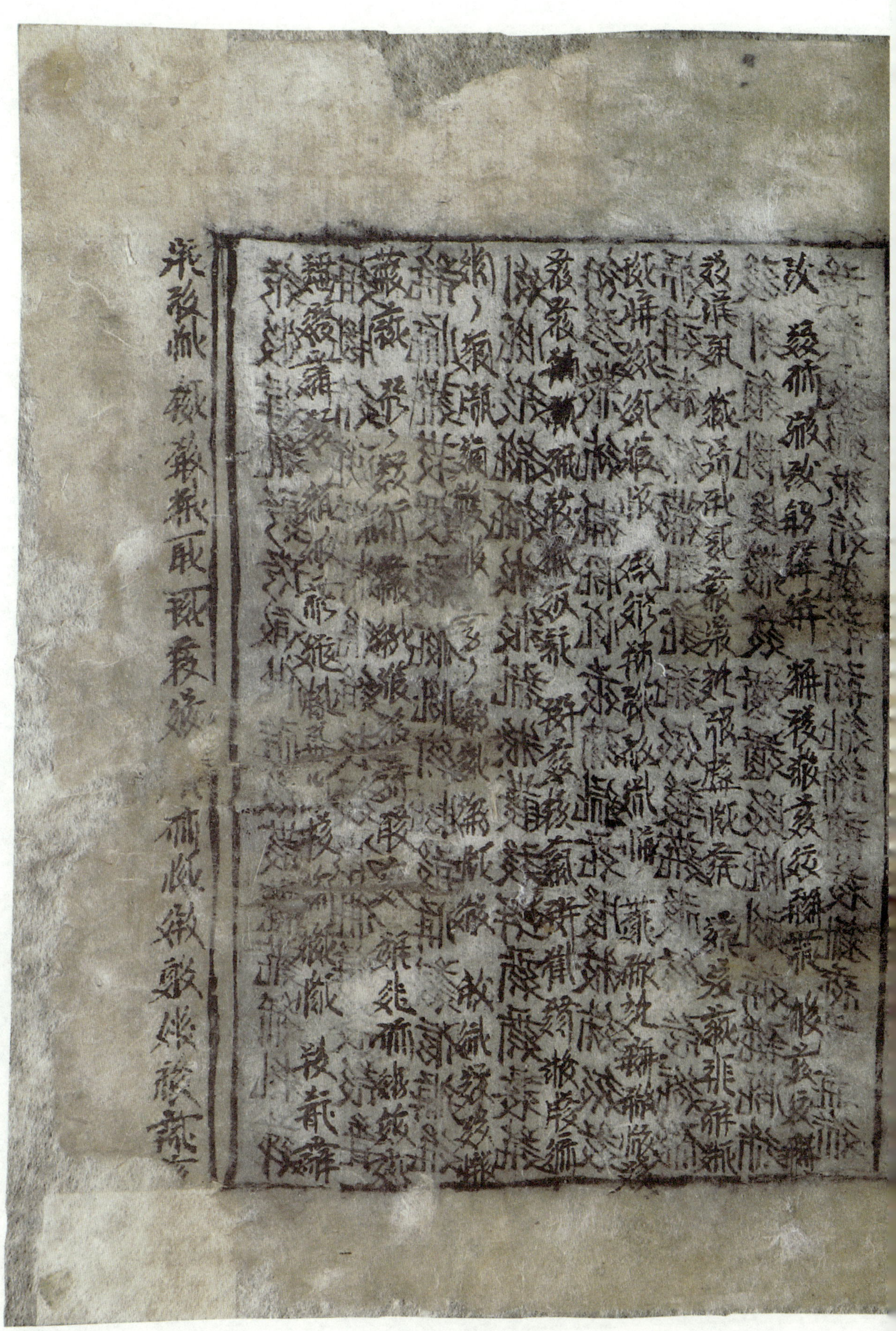

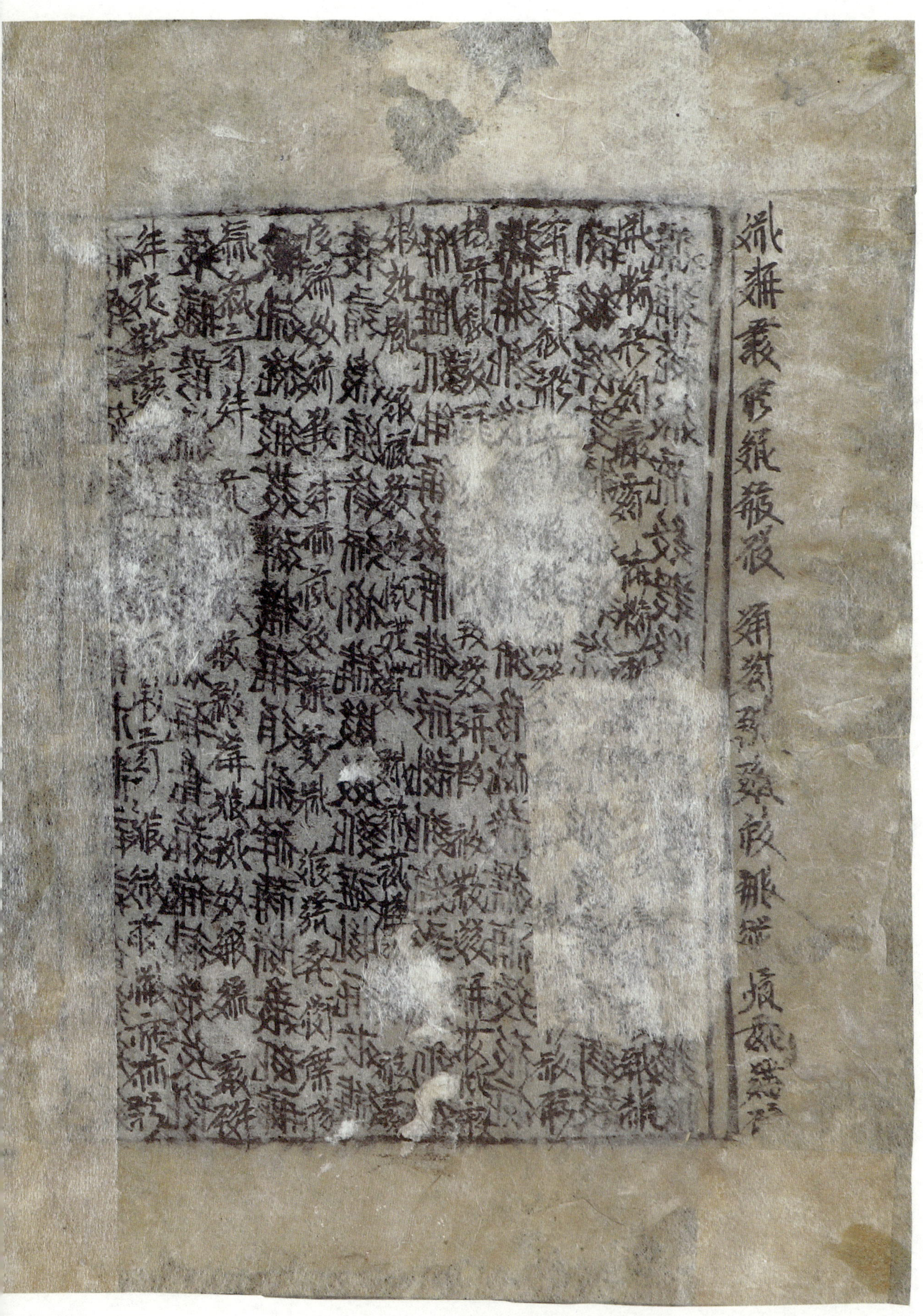

俄Инв.No.121V　宫廷诗集（甲种本）（29–6）

俄Инв.No.121V　宫廷诗集（甲种本）（29–7）

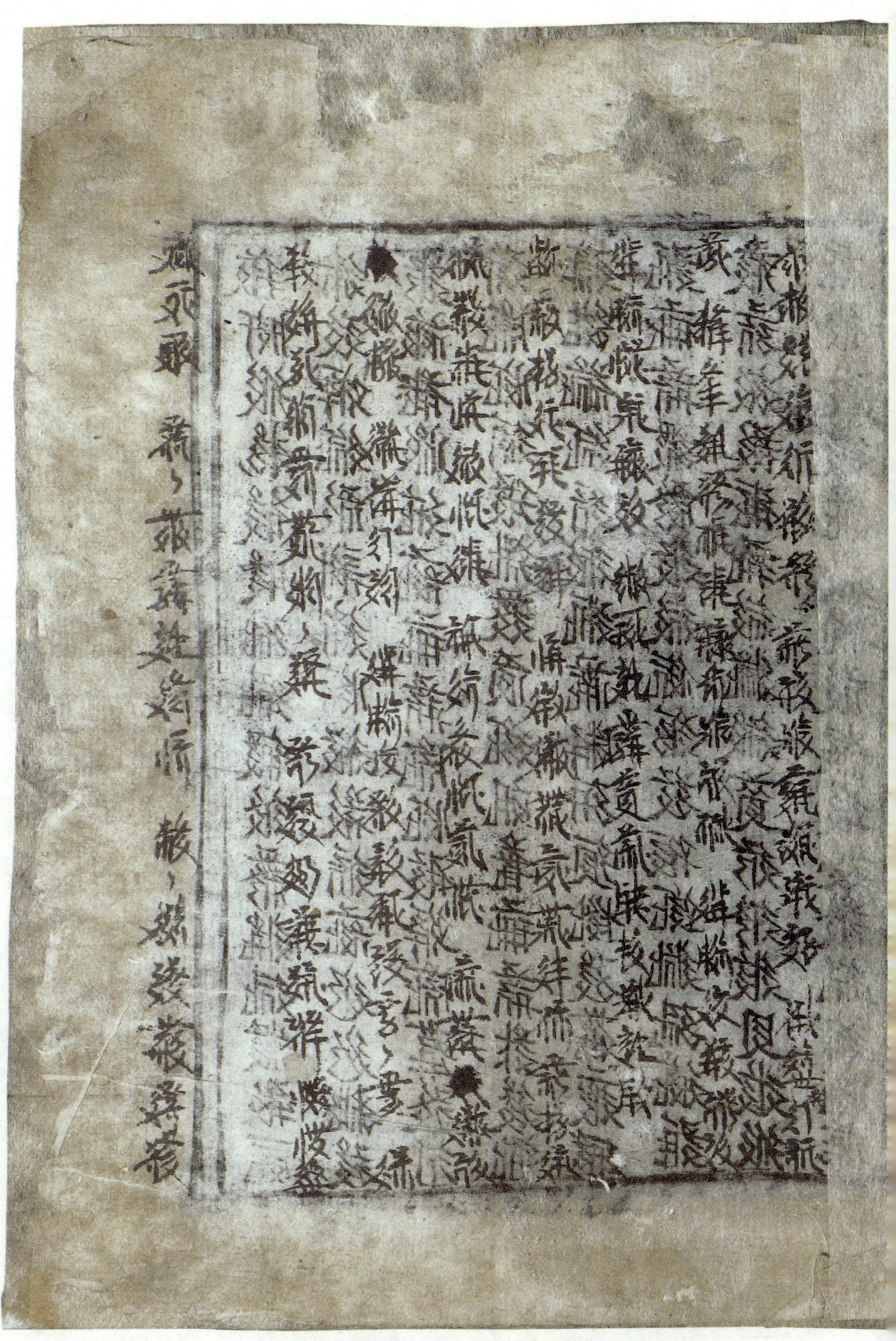

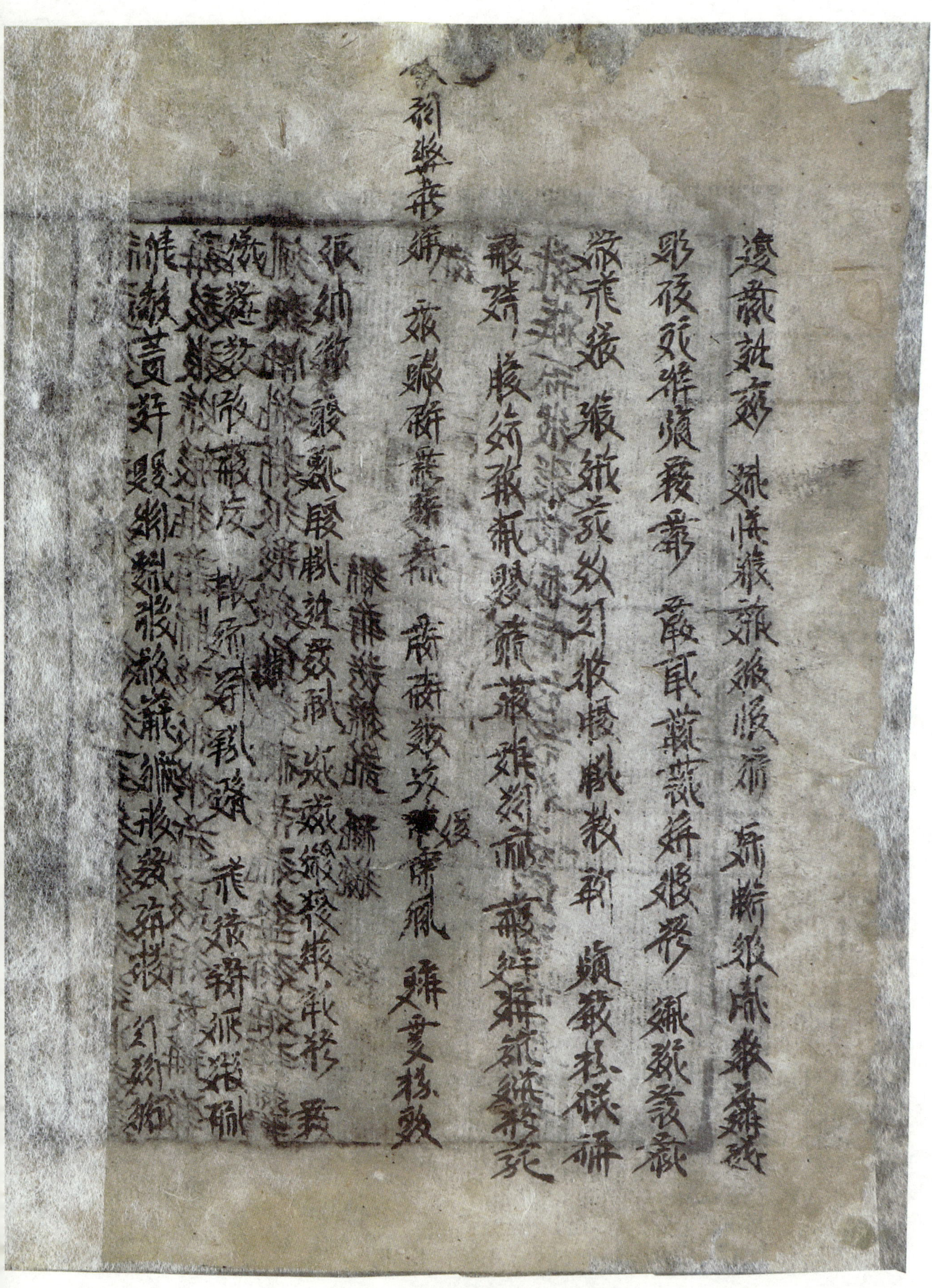

俄Инв.No.121V　宫廷诗集（甲种本）（29–8）

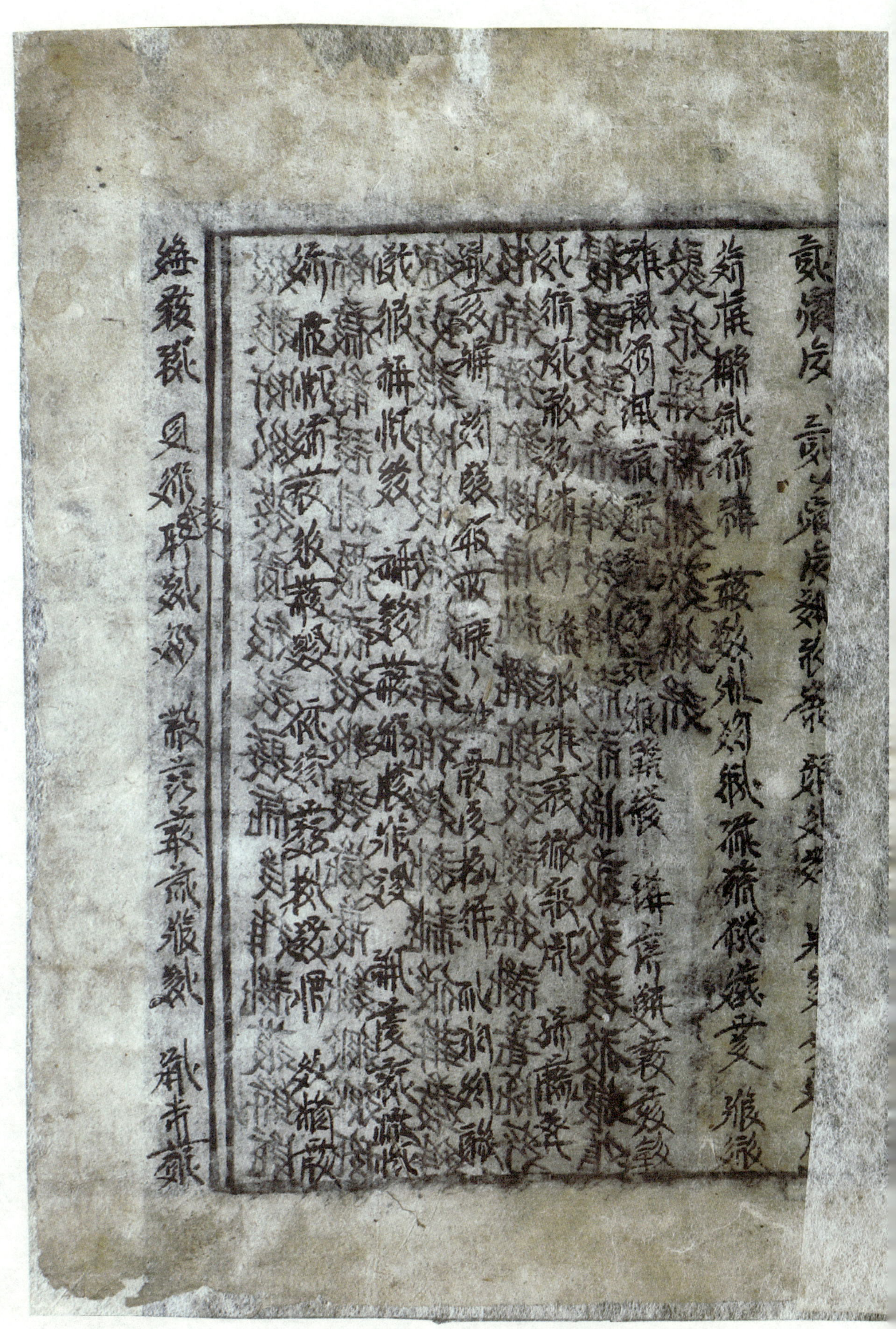

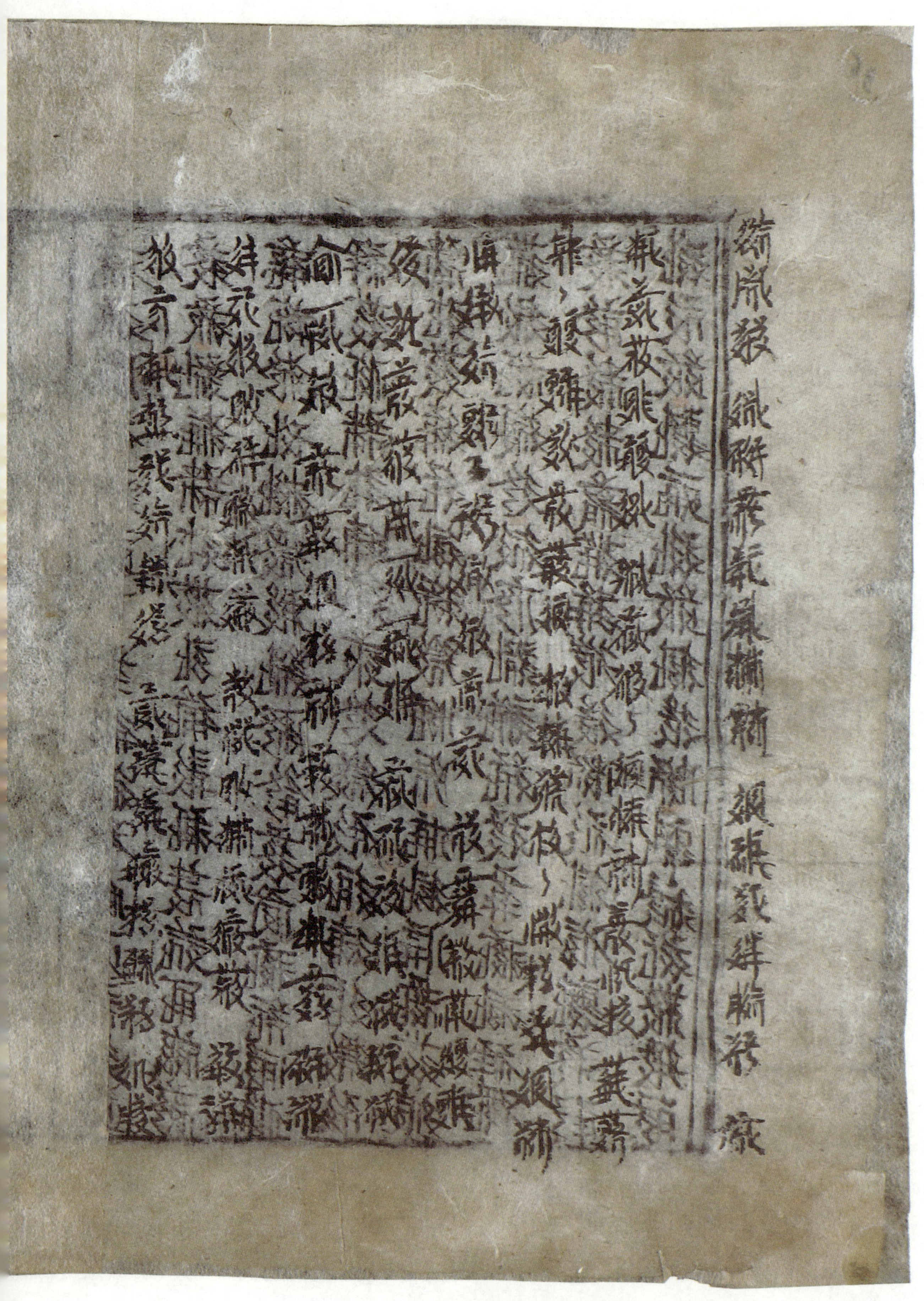

俄Инв.No.121V　宫廷诗集（甲种本）（29–9）

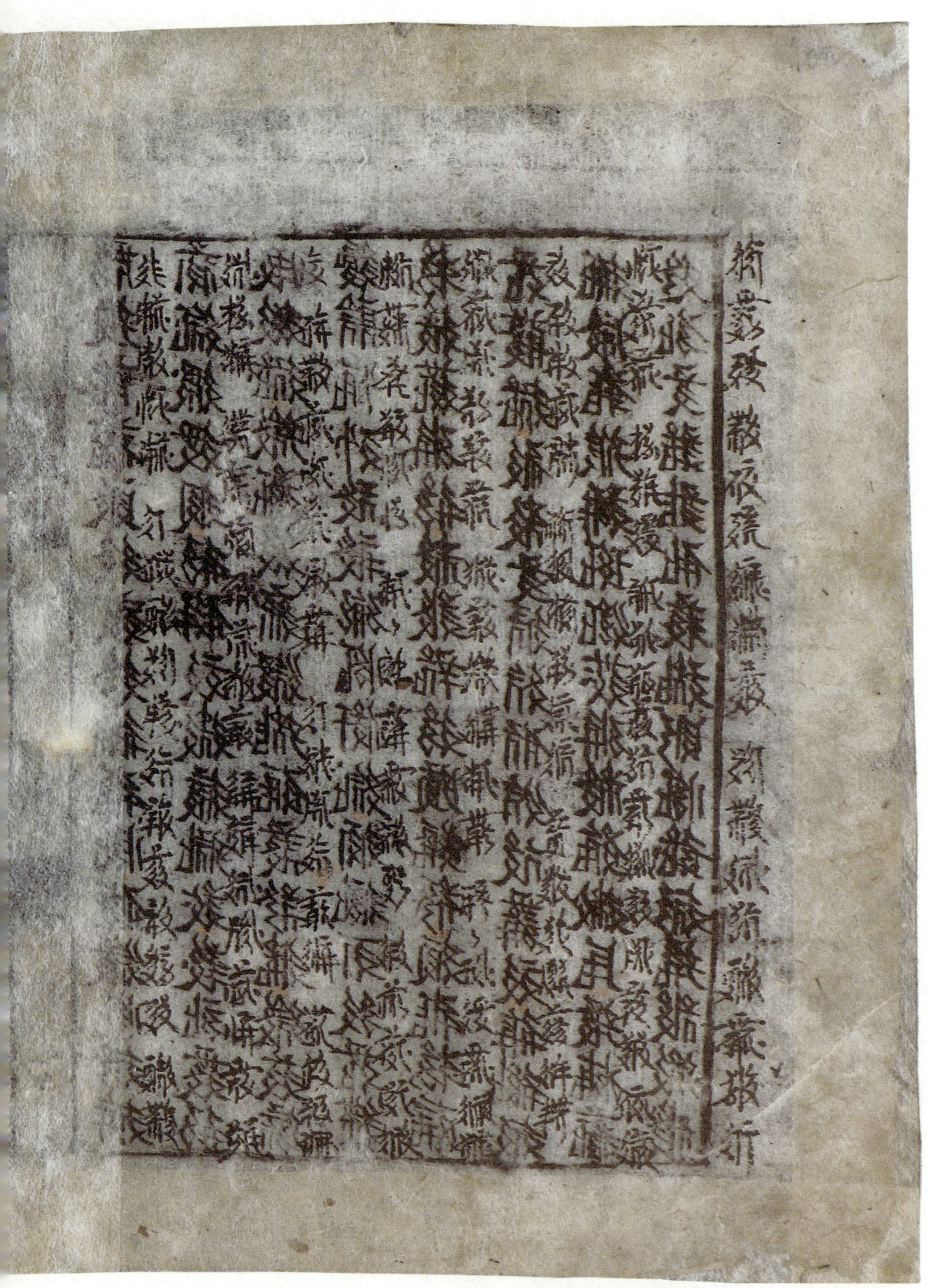

俄Инв.No.121V　宫廷诗集（甲种本）（29–10）

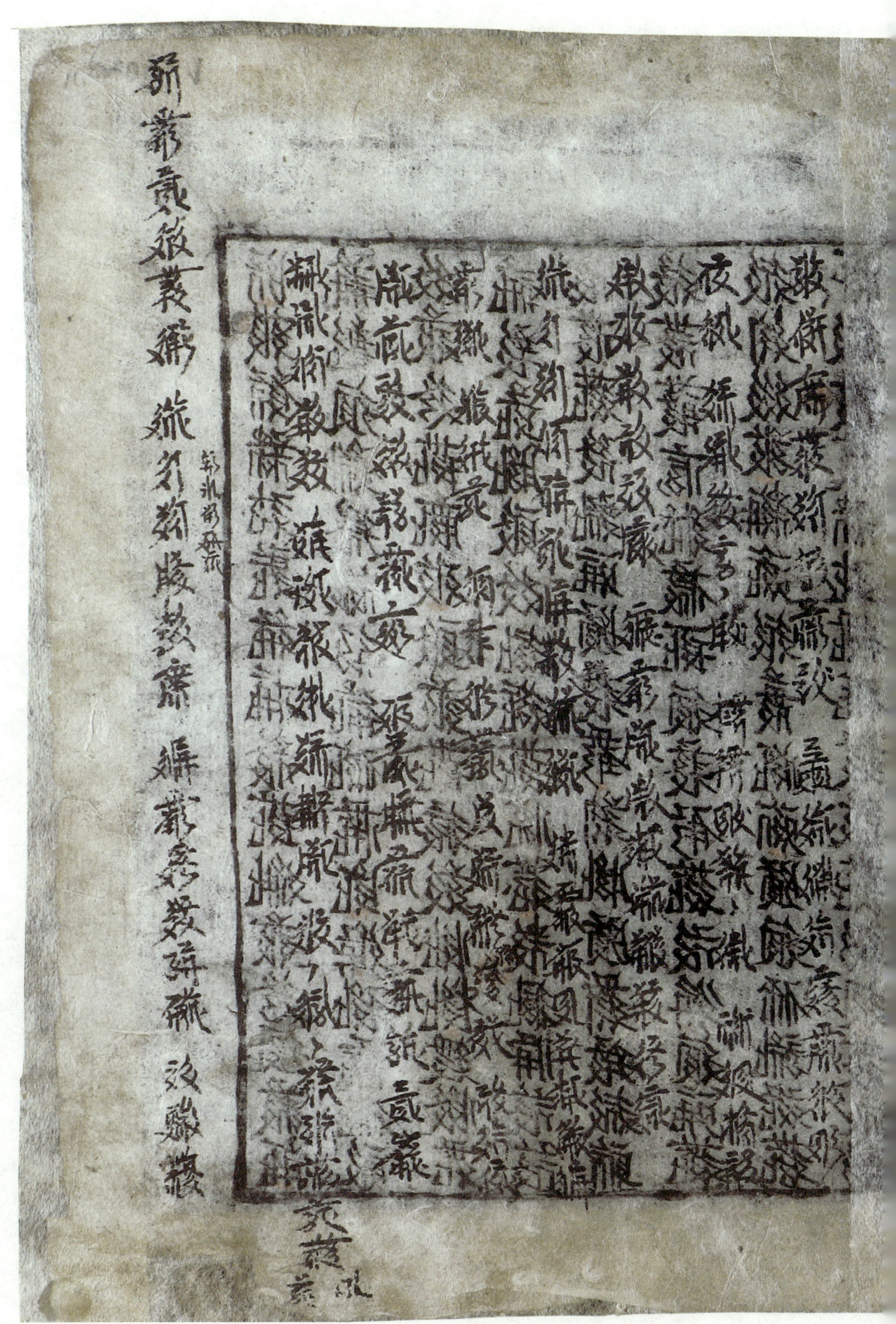

俄Инв.No.121V　宫廷诗集（甲种本）（29–11）

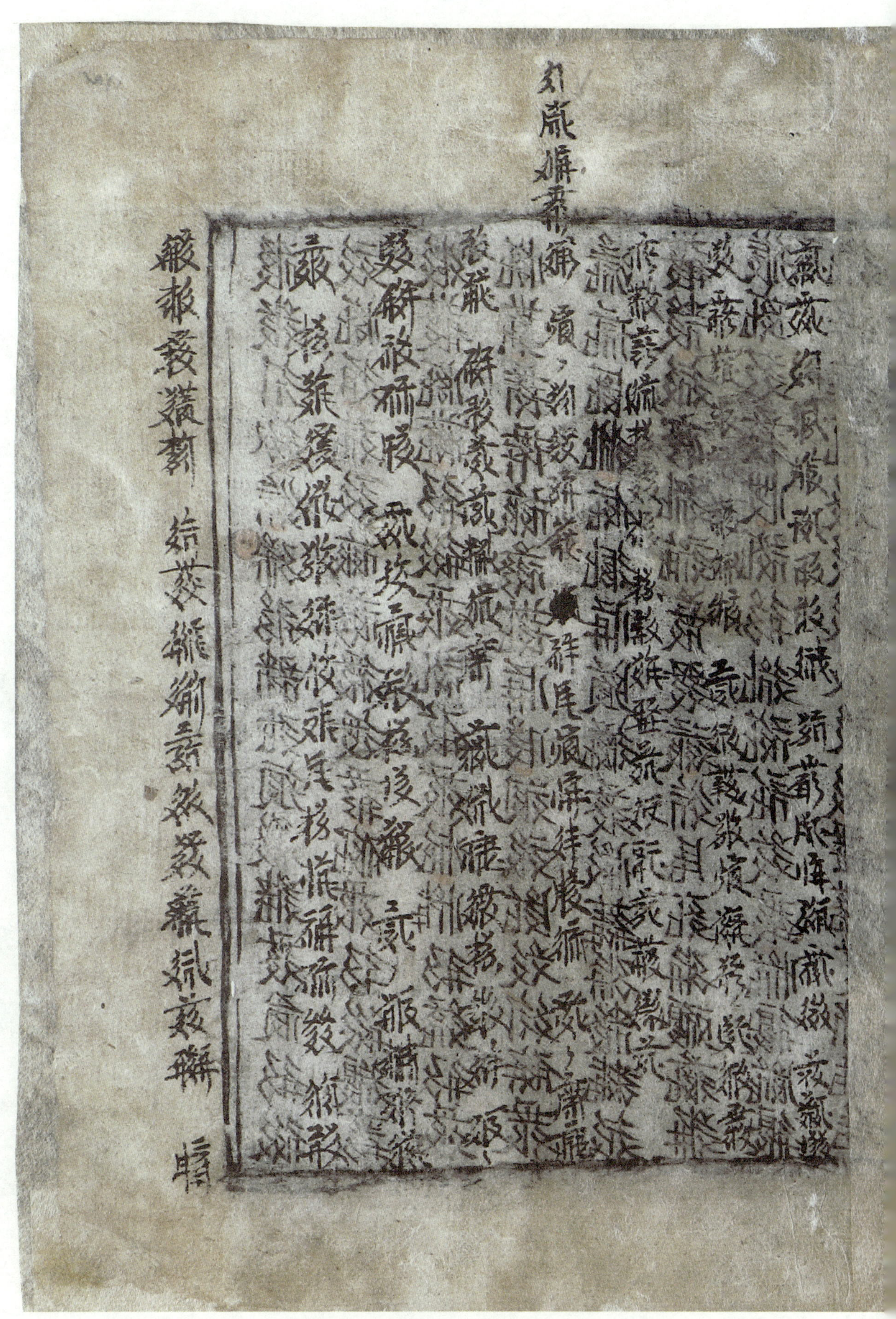

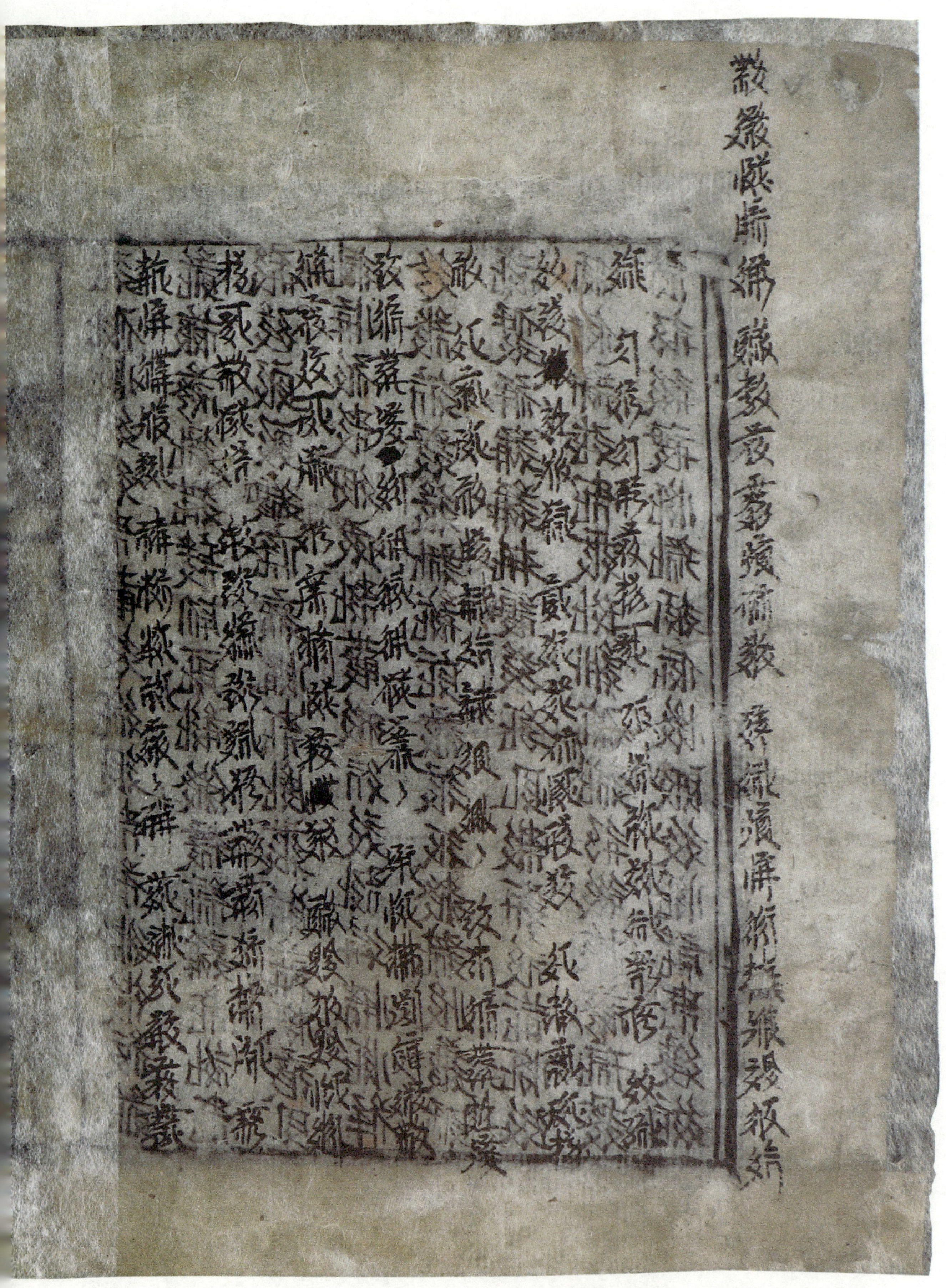

俄Инв.No.121V　宫廷诗集（甲种本）（29–12）

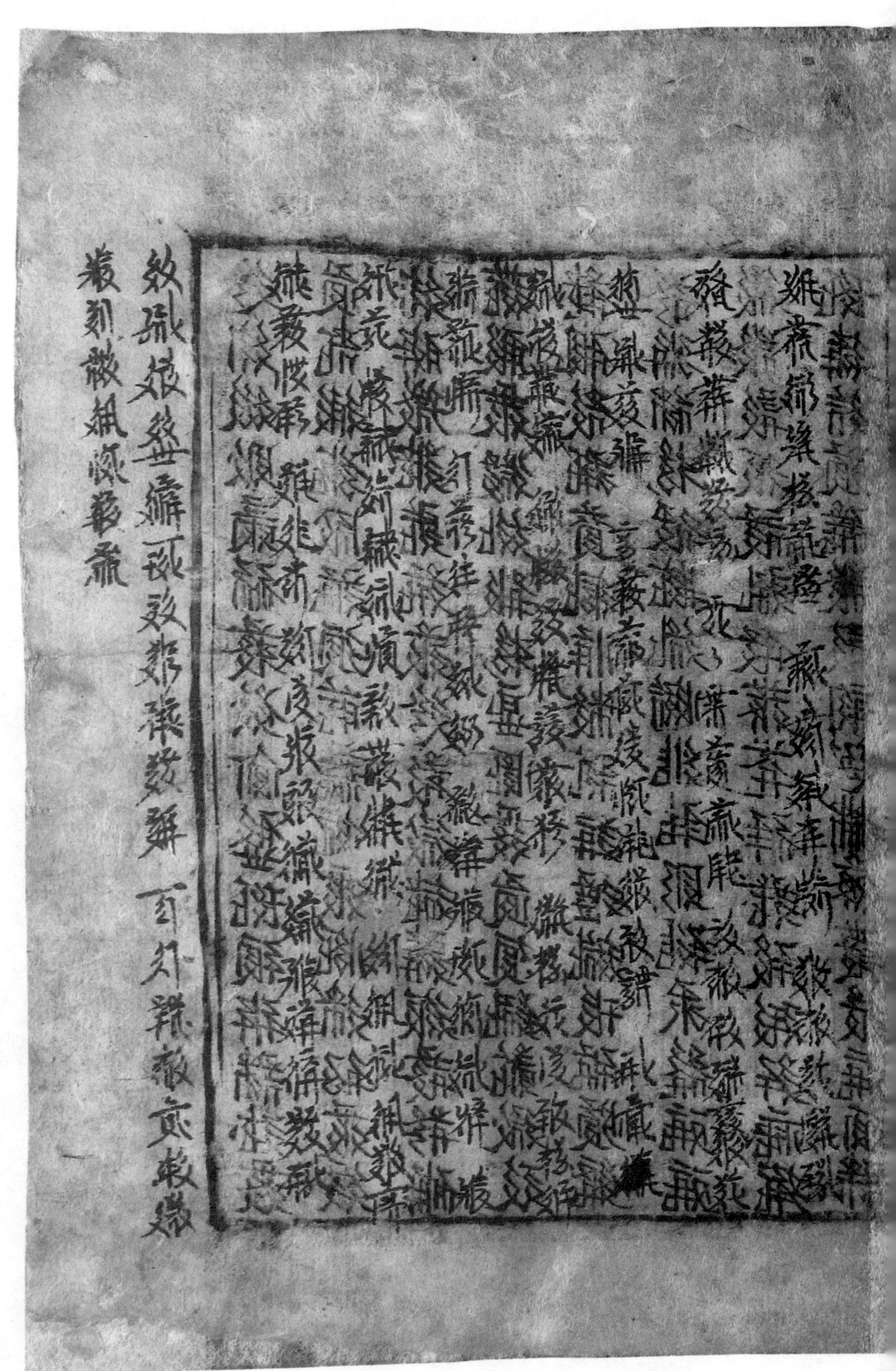

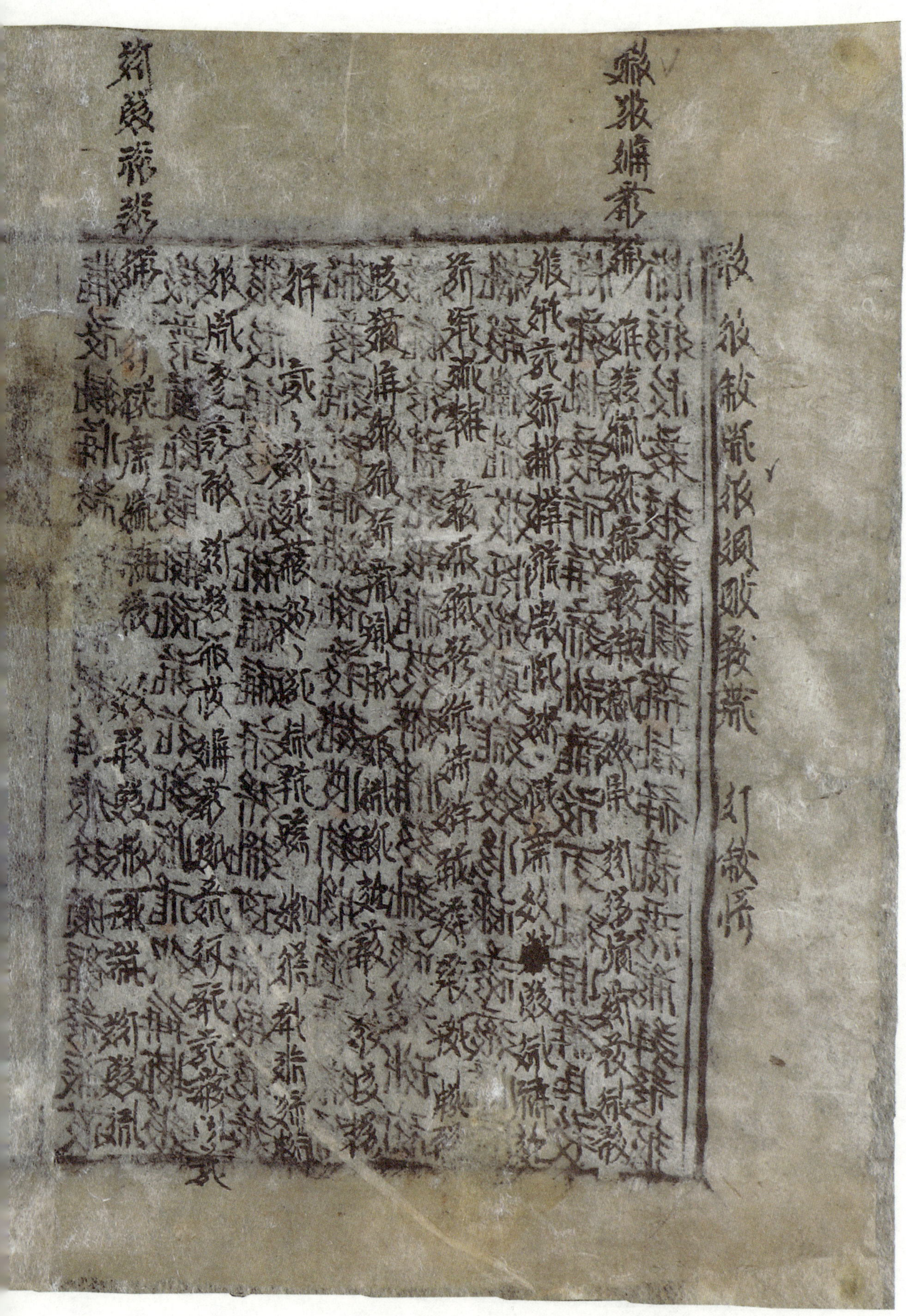

俄Инв.No.121V　宫廷诗集（甲种本）（29-13）

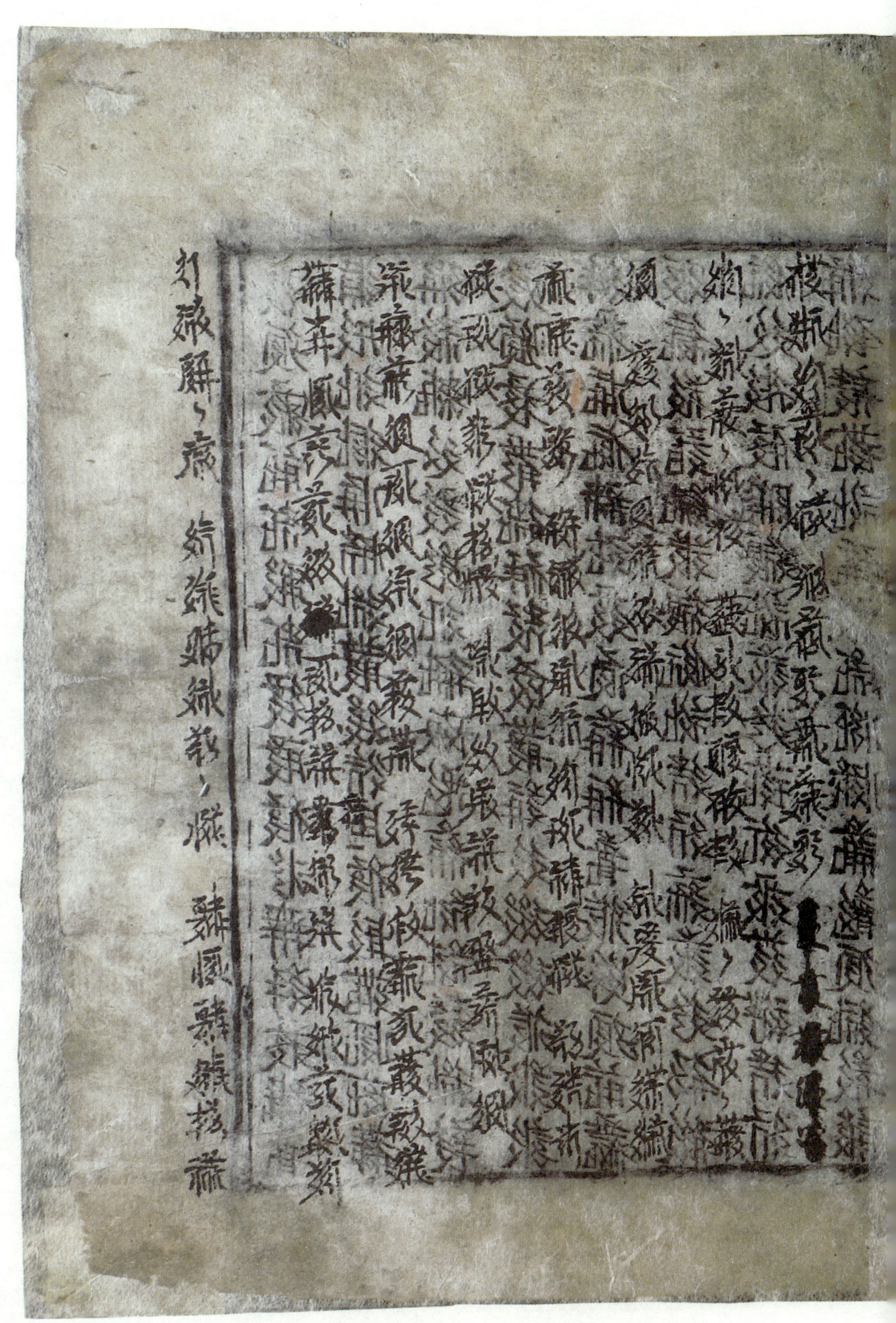

俄Инв.No.121V　宫廷诗集（甲种本）（29–14）

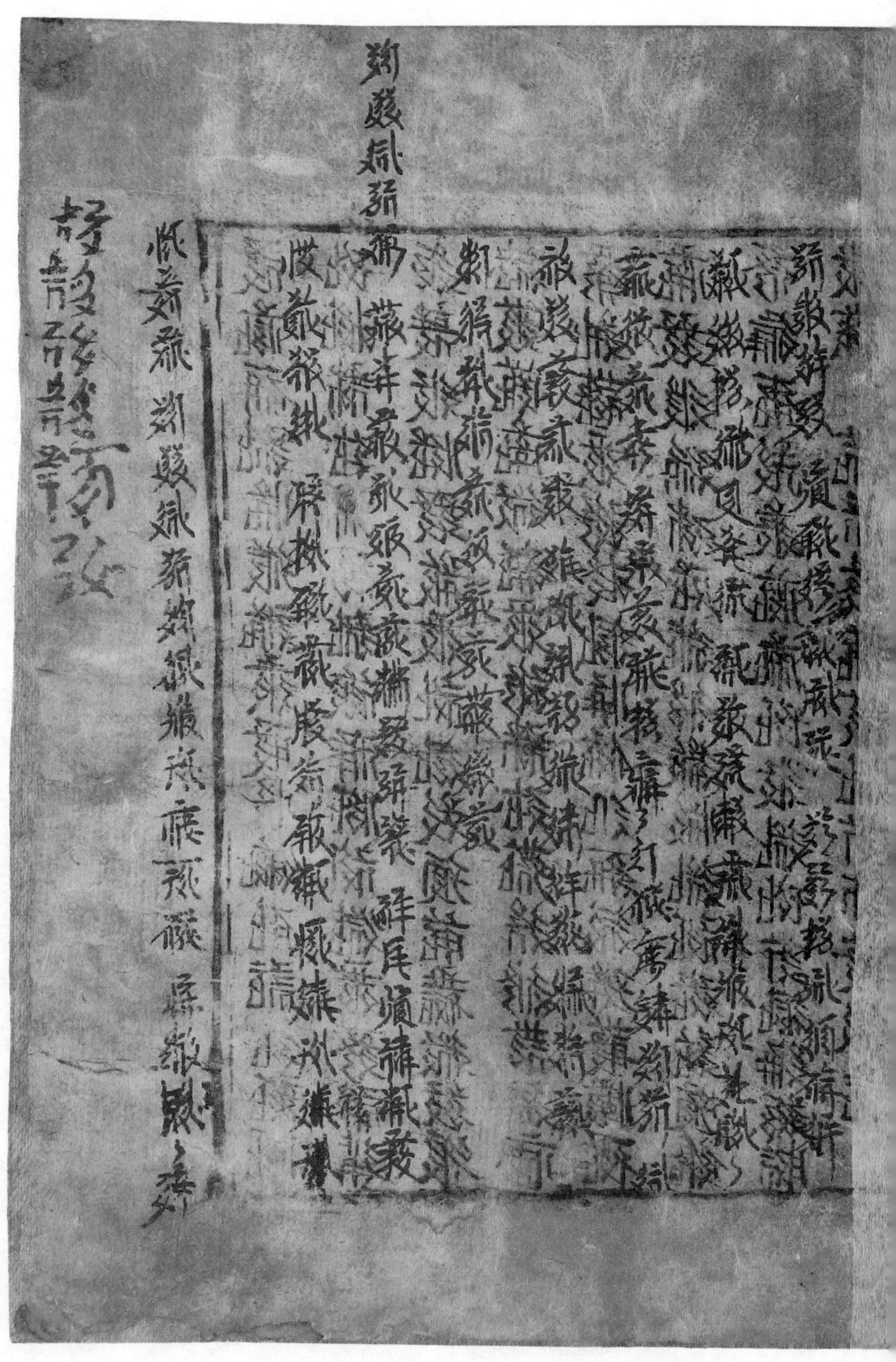

俄Инв.No.121V　宫廷诗集（甲种本）（29-15）

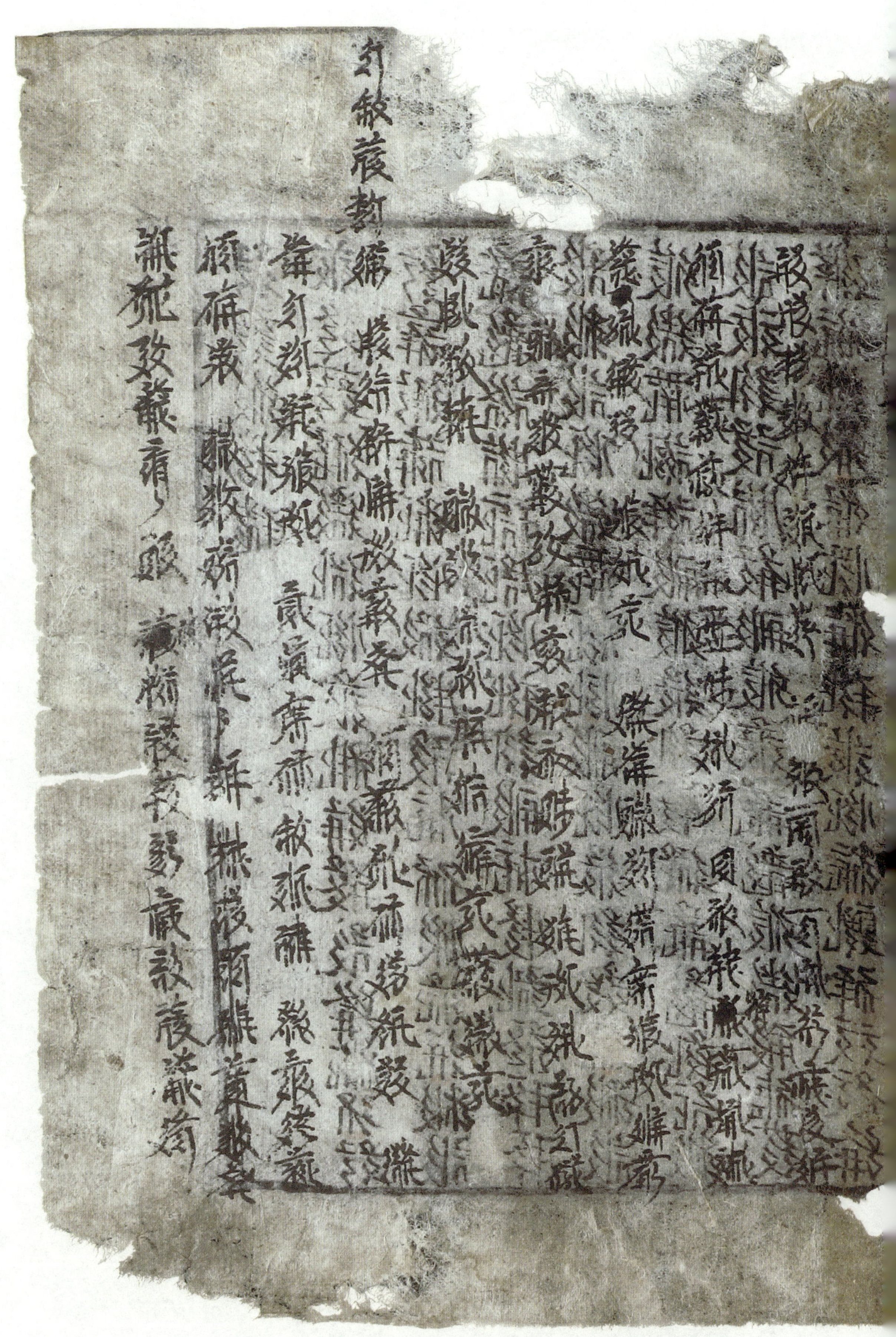

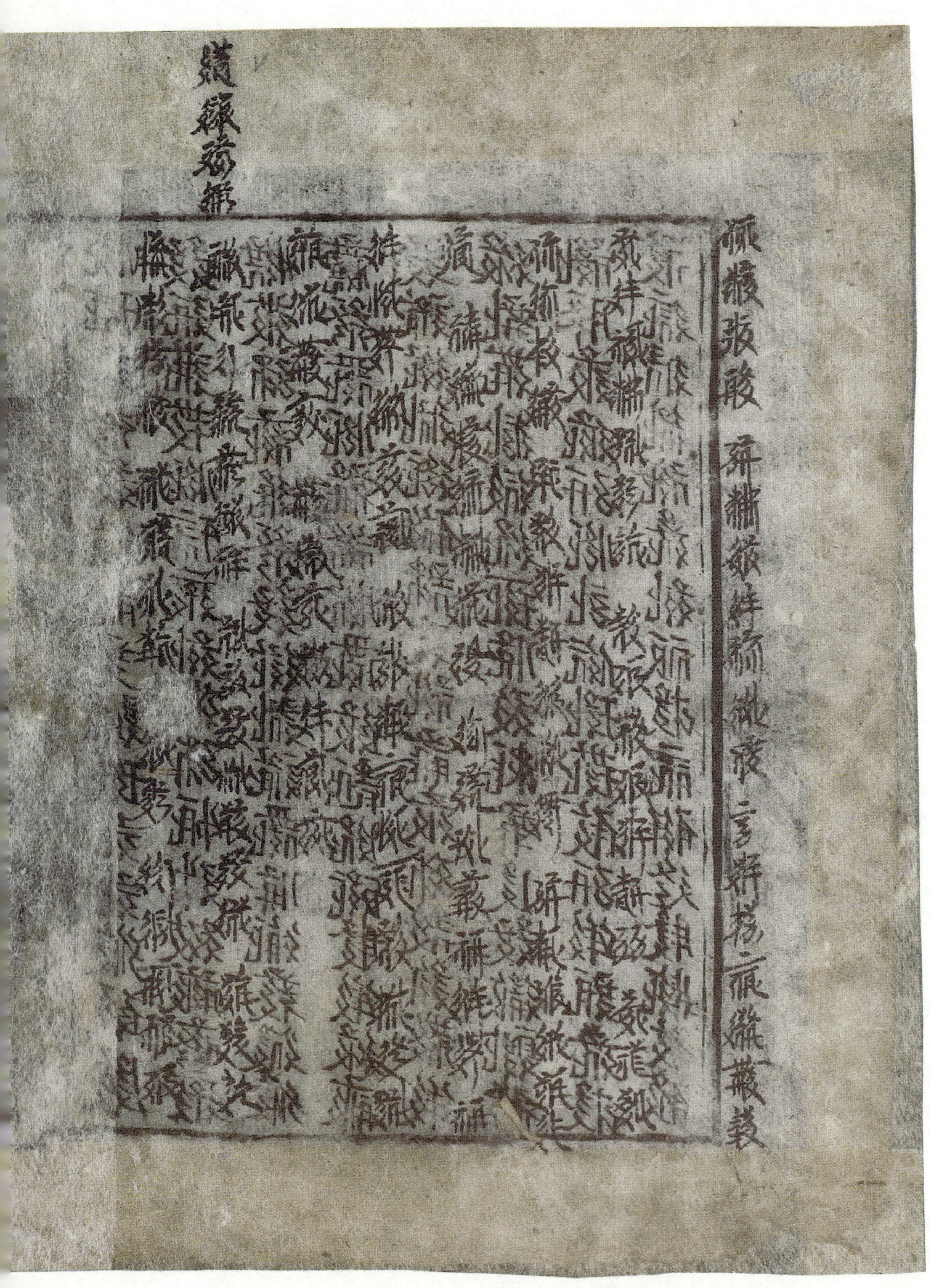

俄Инв.No.121V　宫廷诗集（甲种本）（29–16）

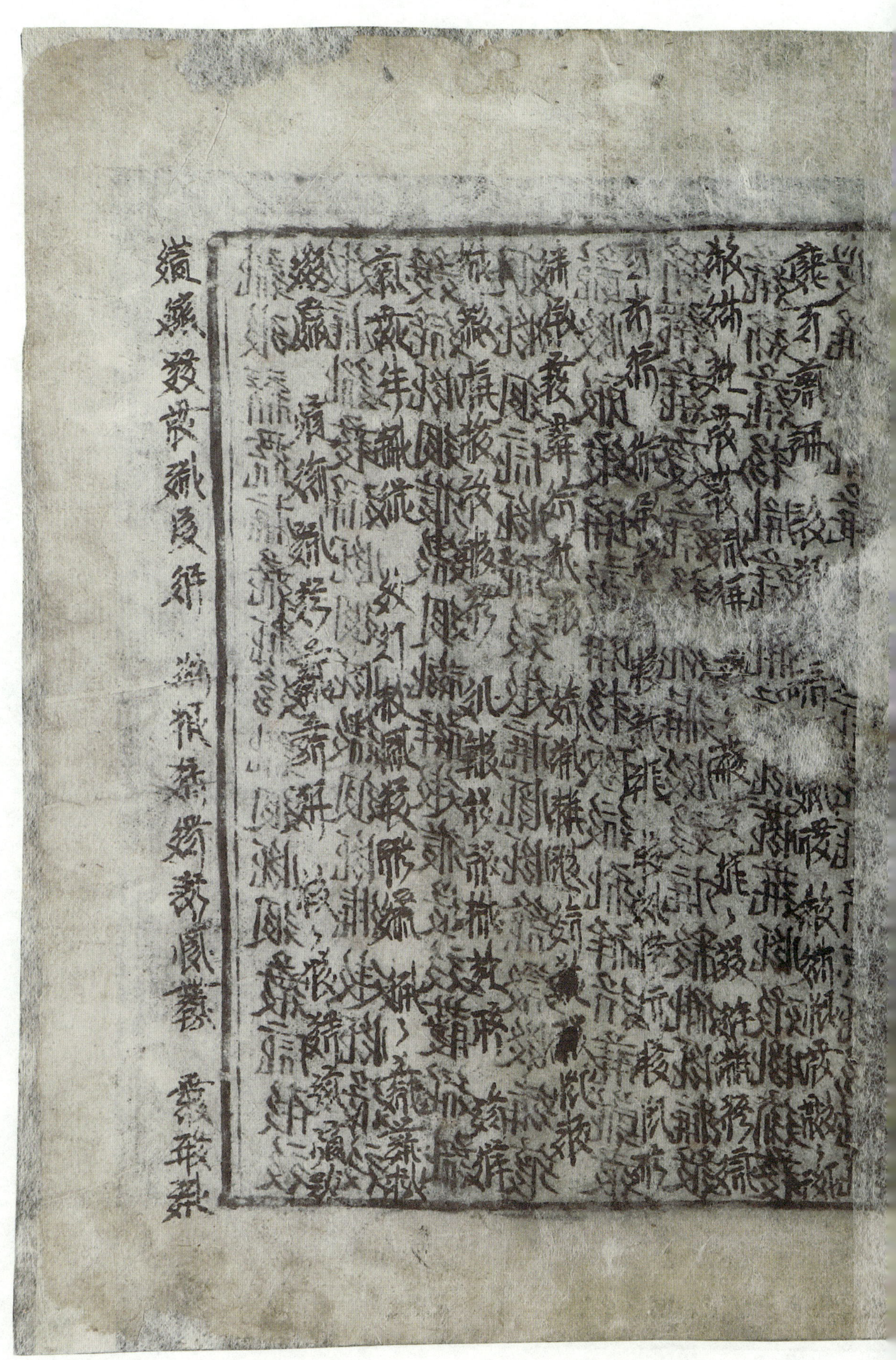

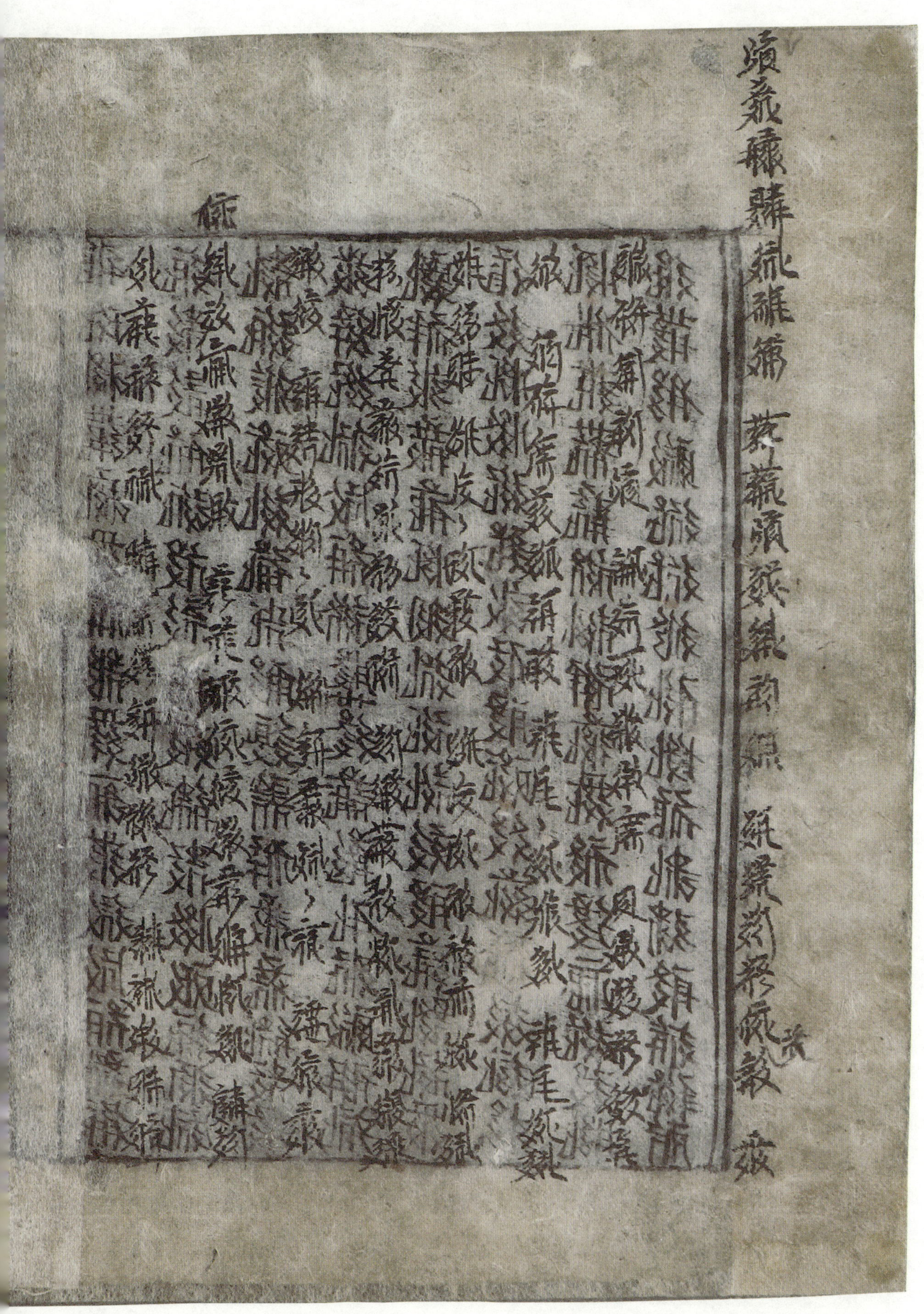

俄Инв.No.121V　宫廷诗集（甲种本）（29–17）

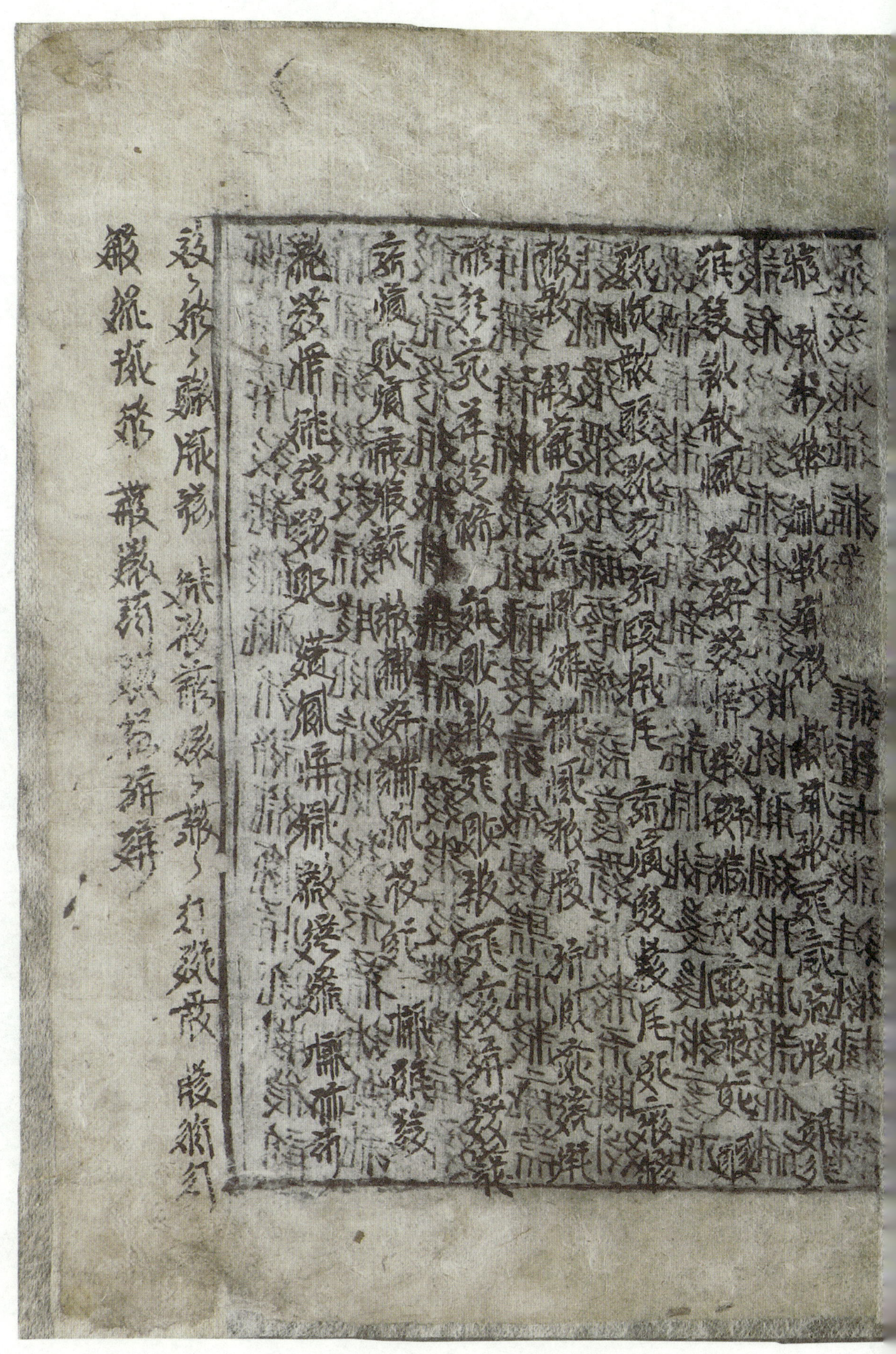

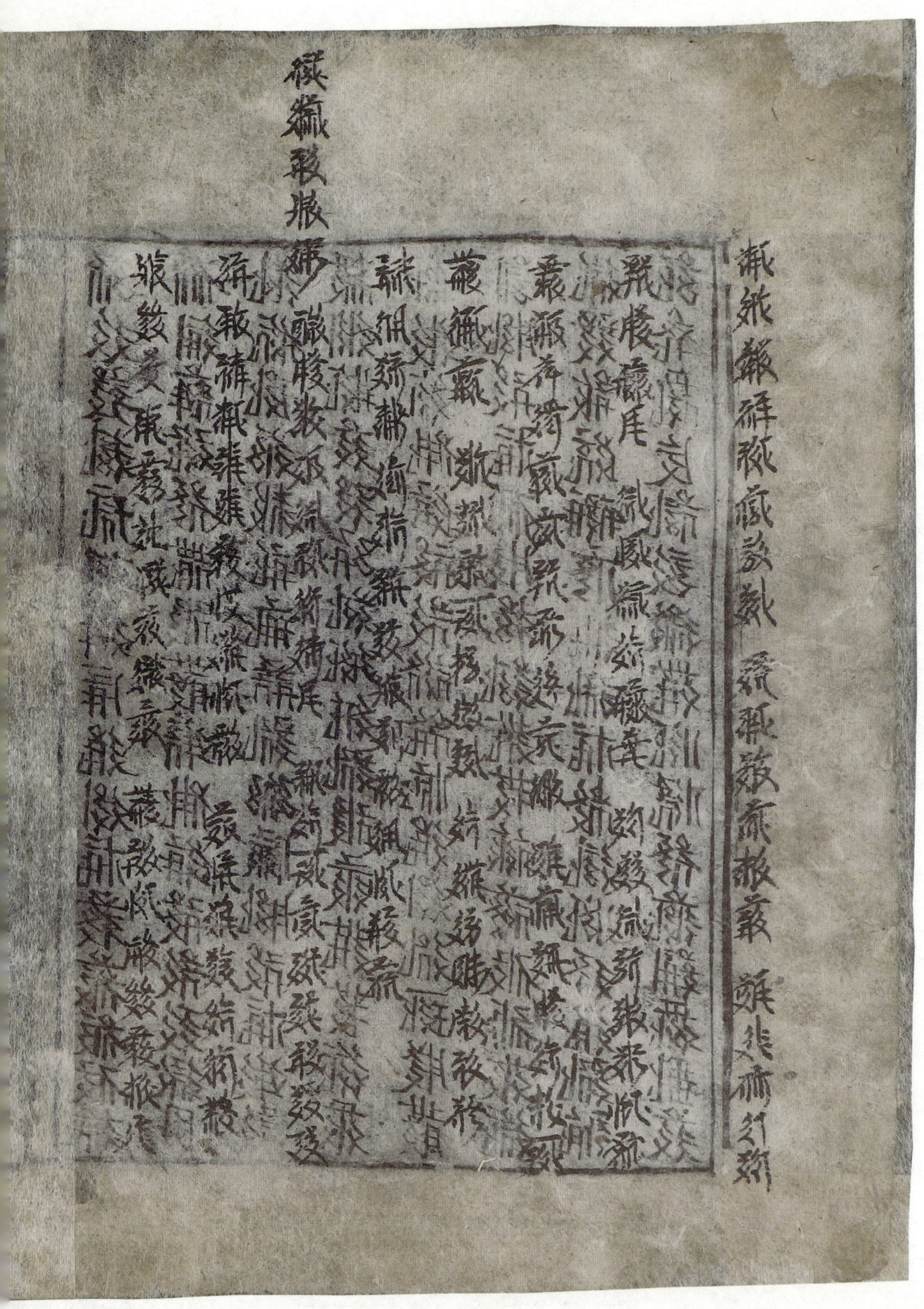

俄Инв.No.121V　宫廷诗集（甲种本）（29-18）

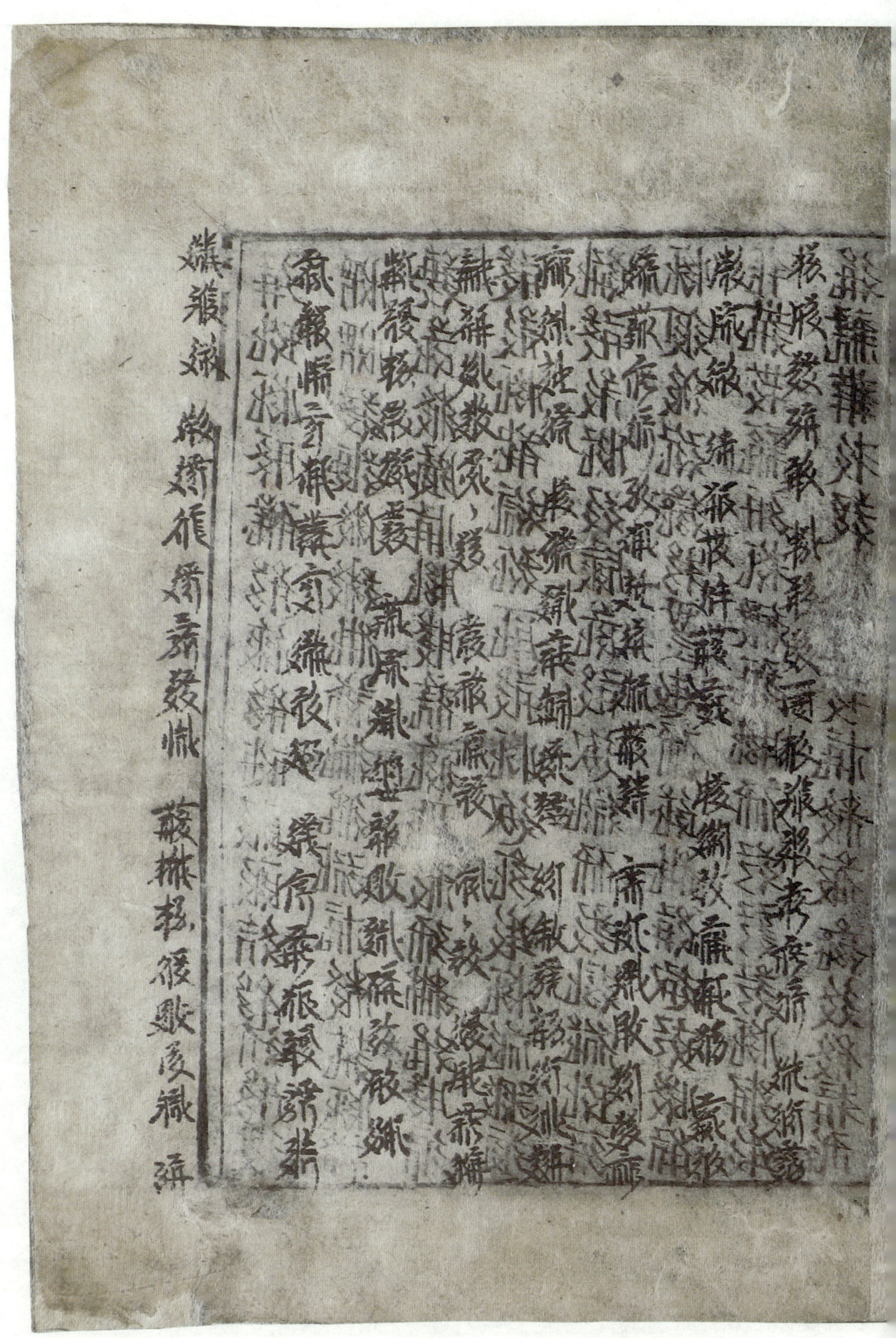

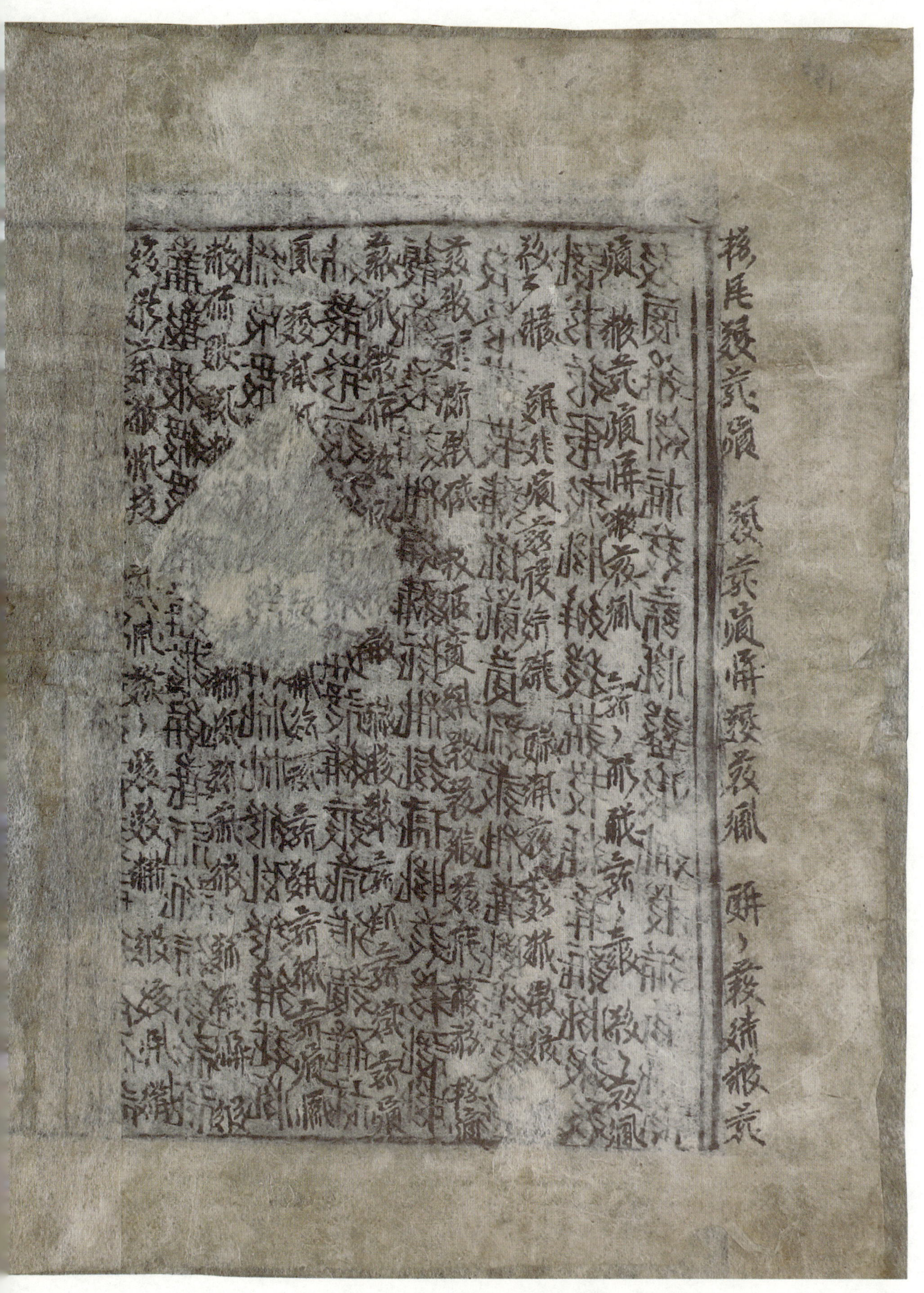

俄Инв.No.121V　宫廷诗集（甲种本）（29–19）

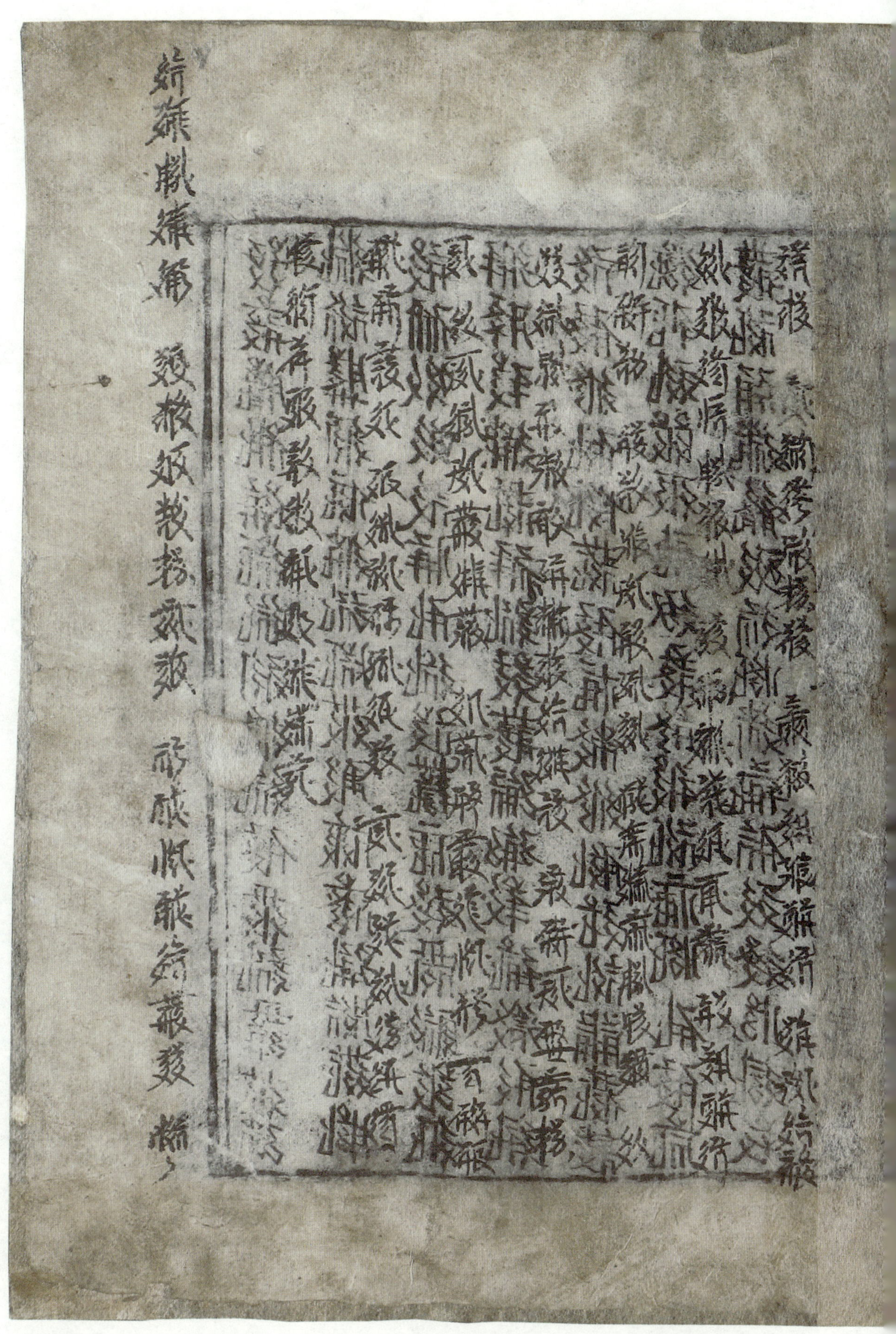

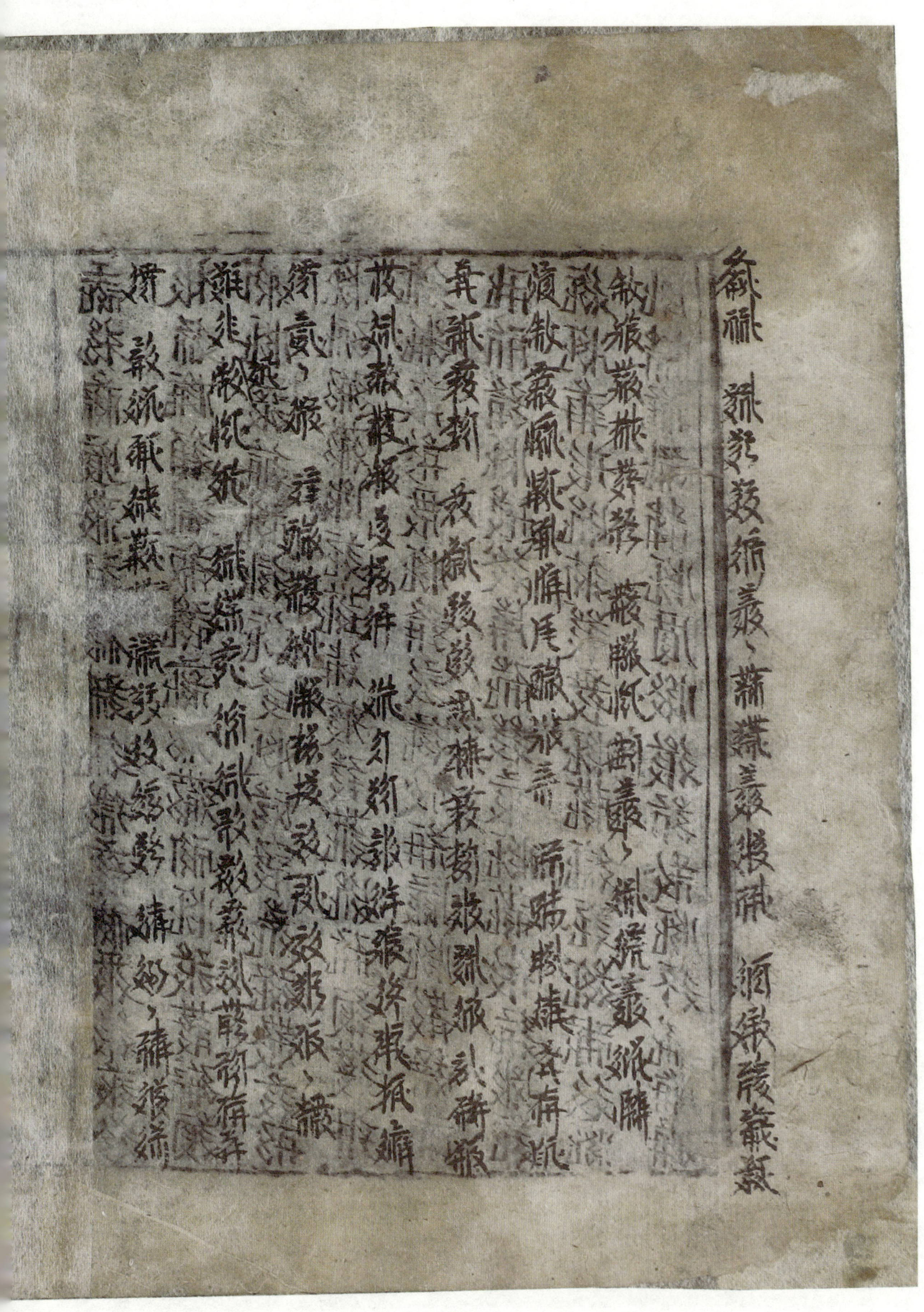

俄Инв.No.121V　宫廷诗集（甲种本）（29–20）

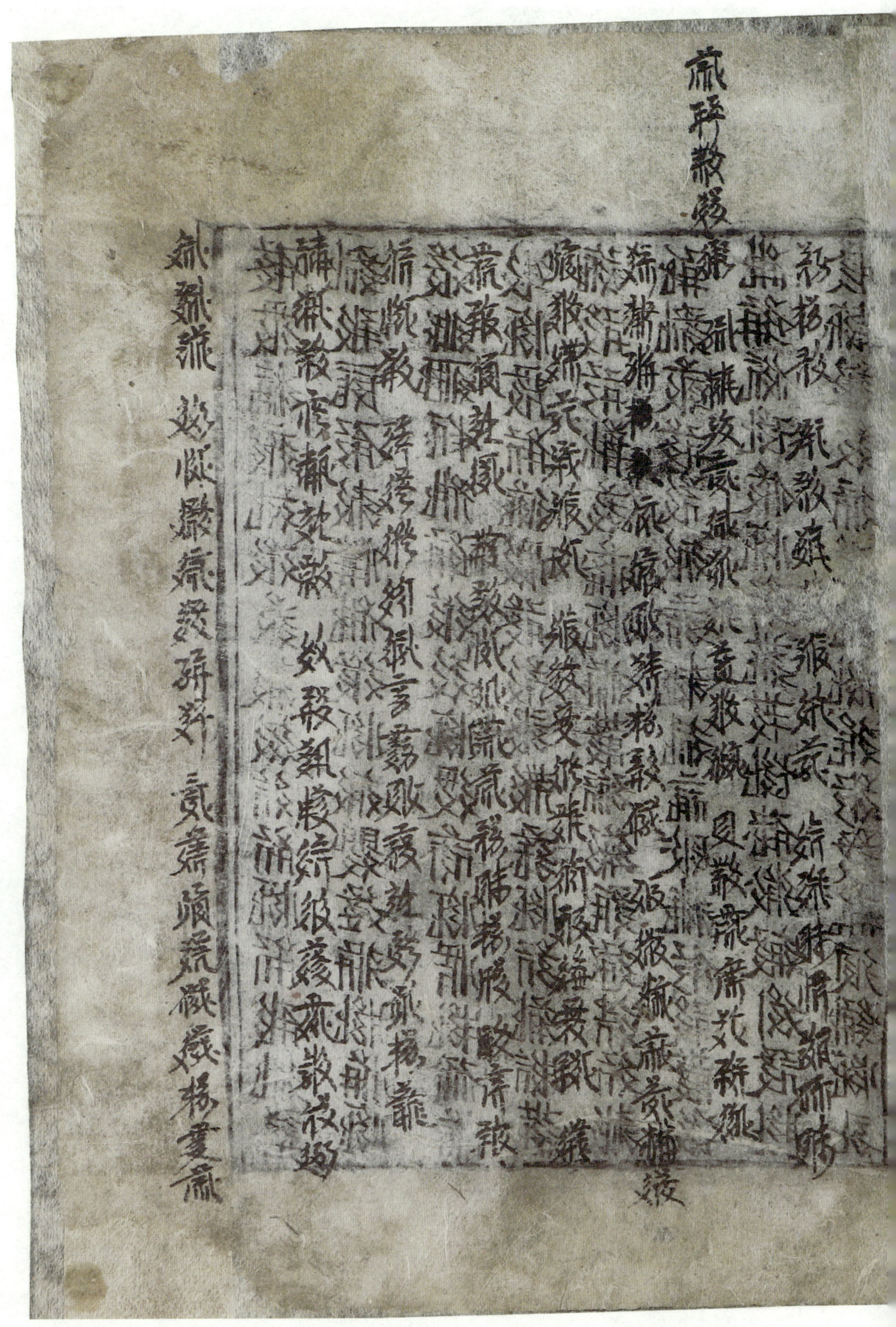

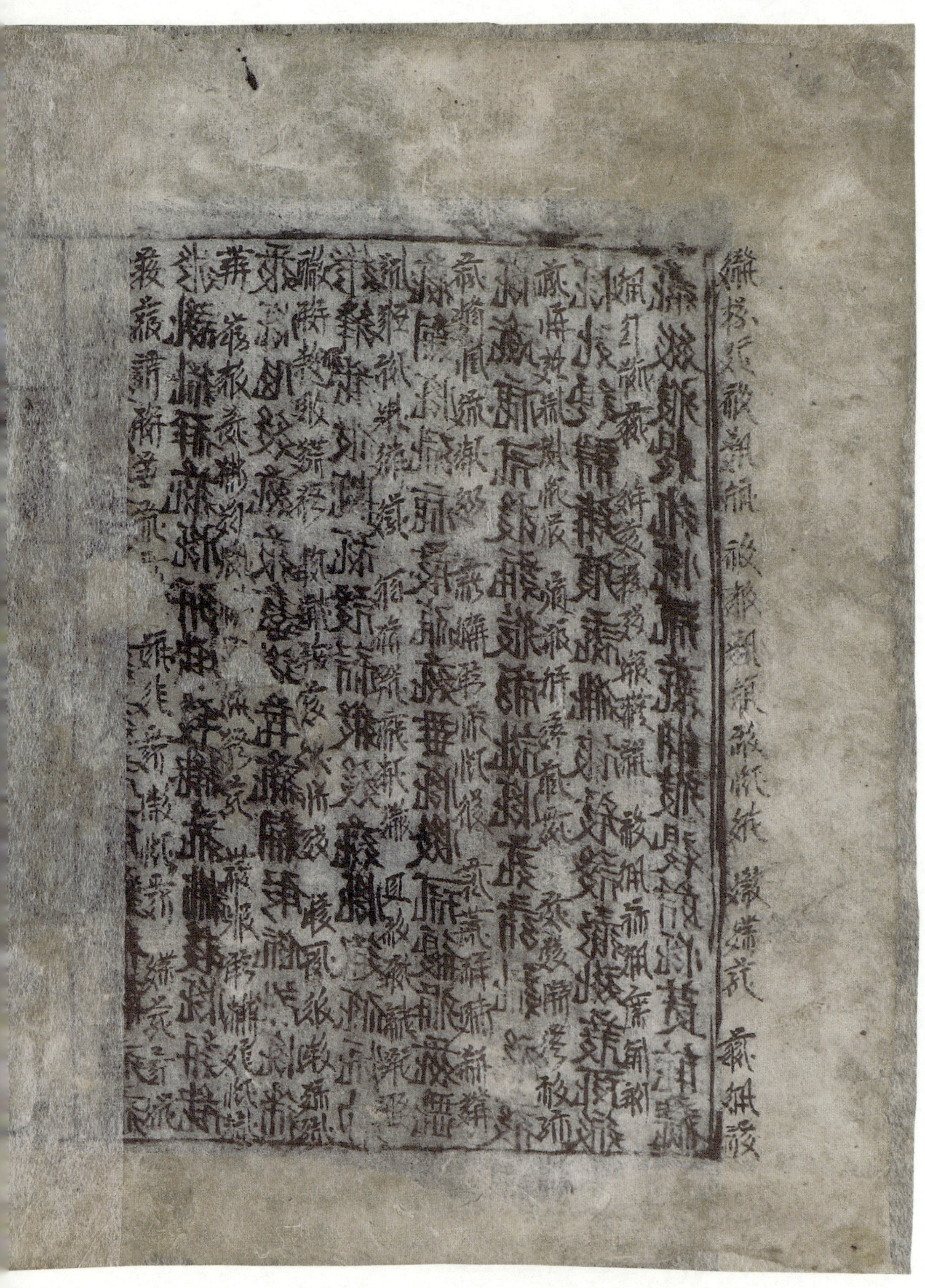

俄Инв.No.121V　宫廷诗集（甲种本）（29-21）

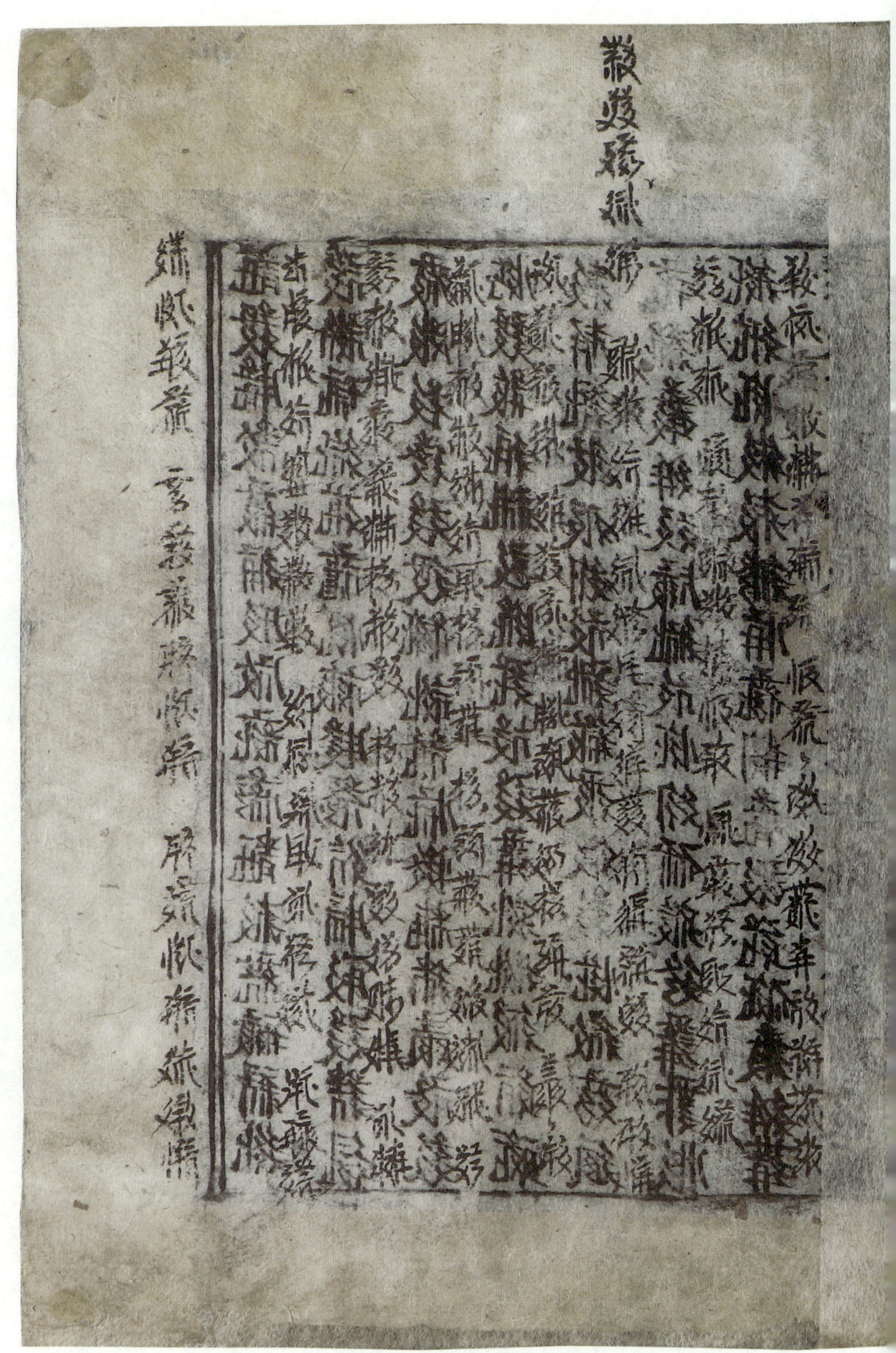

俄Инв.No.121V　宫廷诗集（甲种本）（29-22）

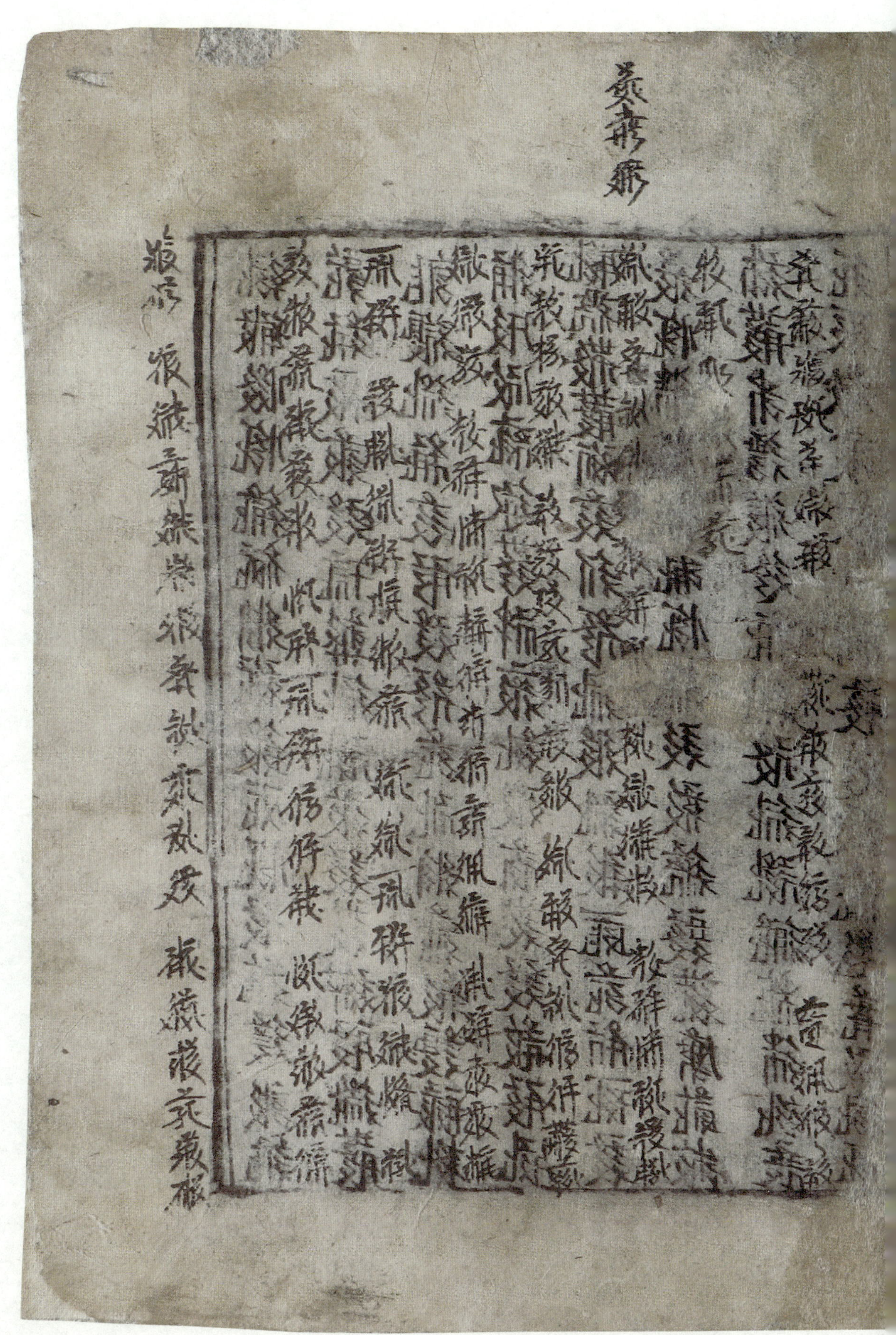

俄Инв.No.121V　宫廷诗集（甲种本）（29–23）

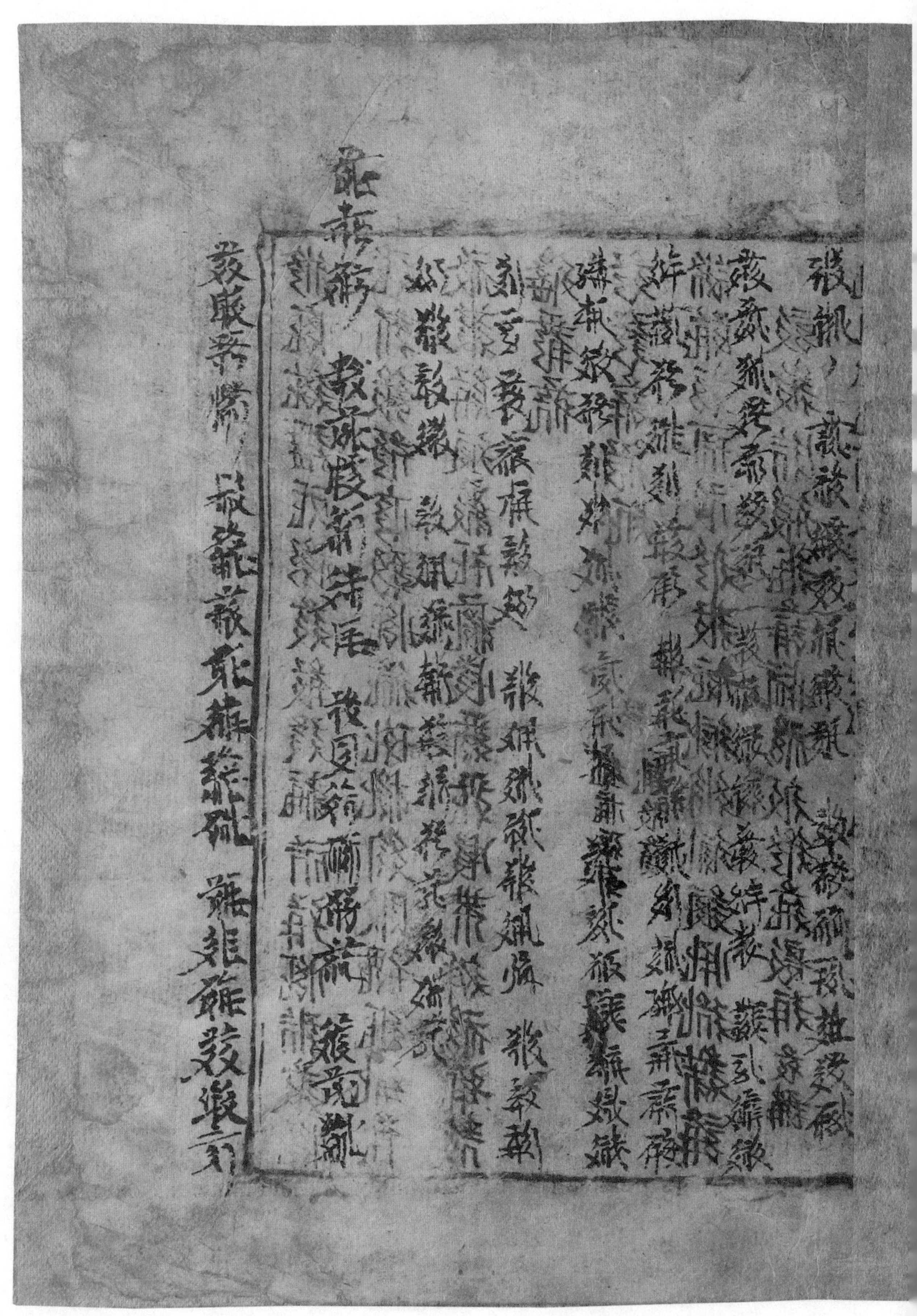

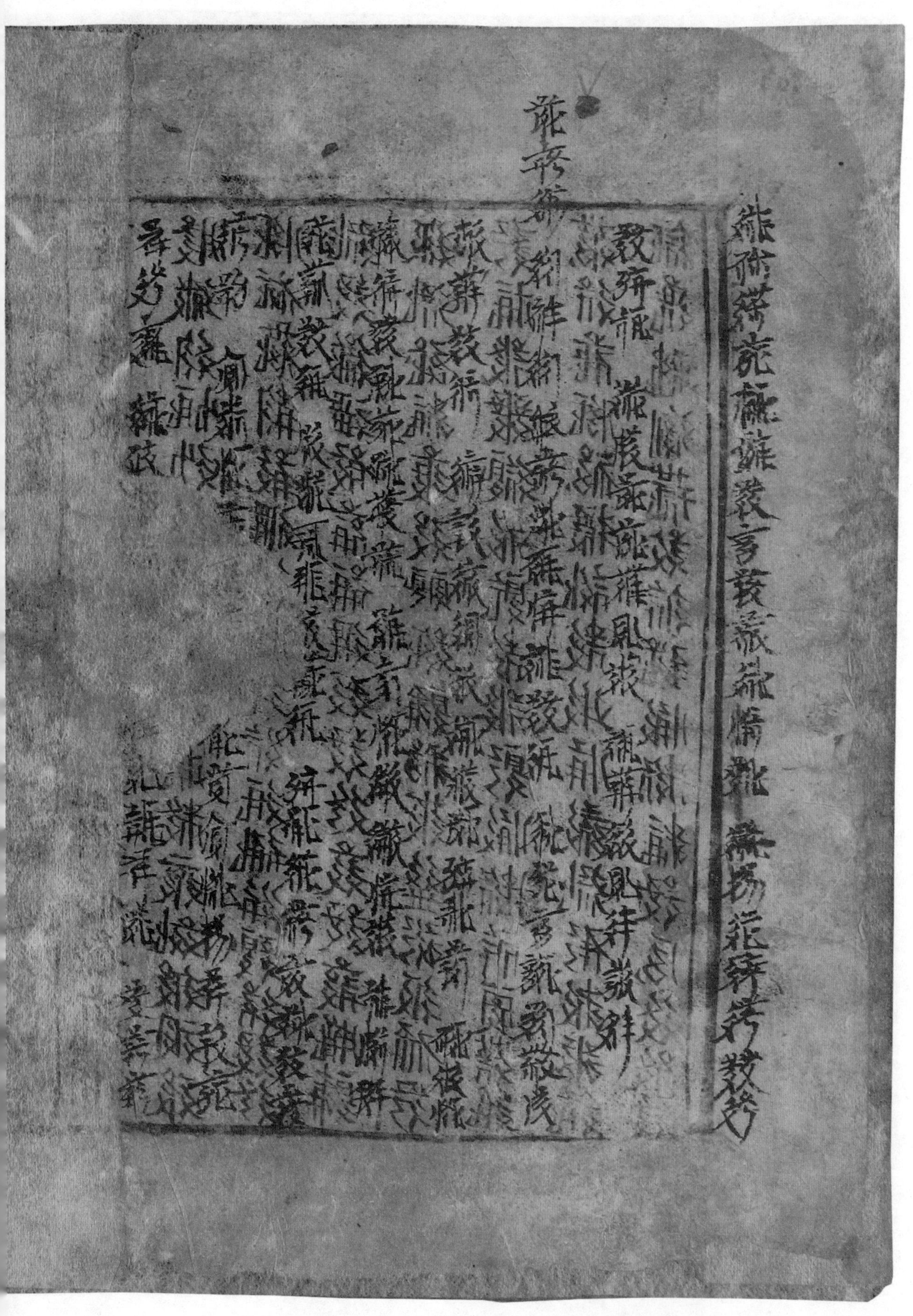

俄Инв.No.121V　宫廷诗集（甲种本）（29–24）

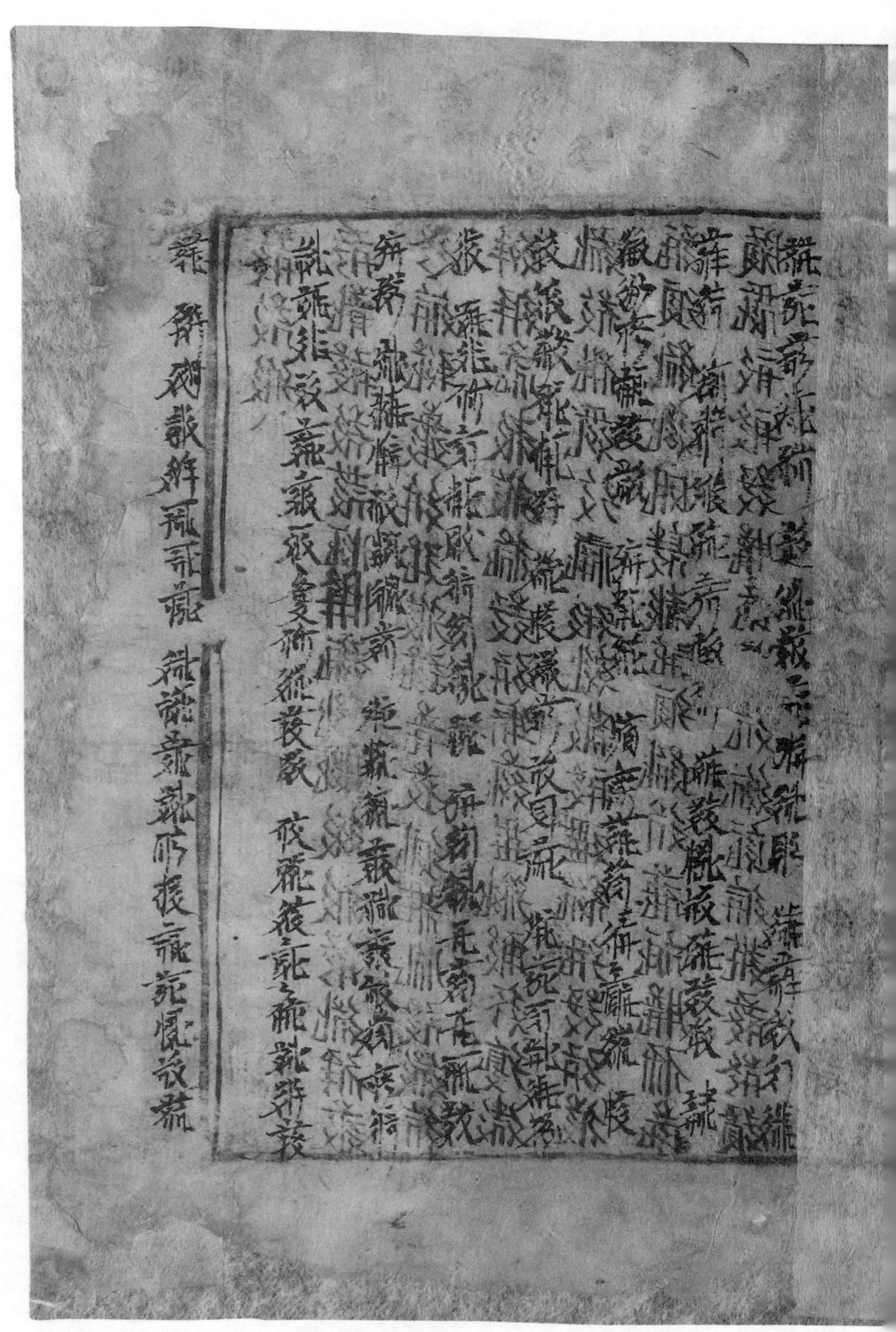

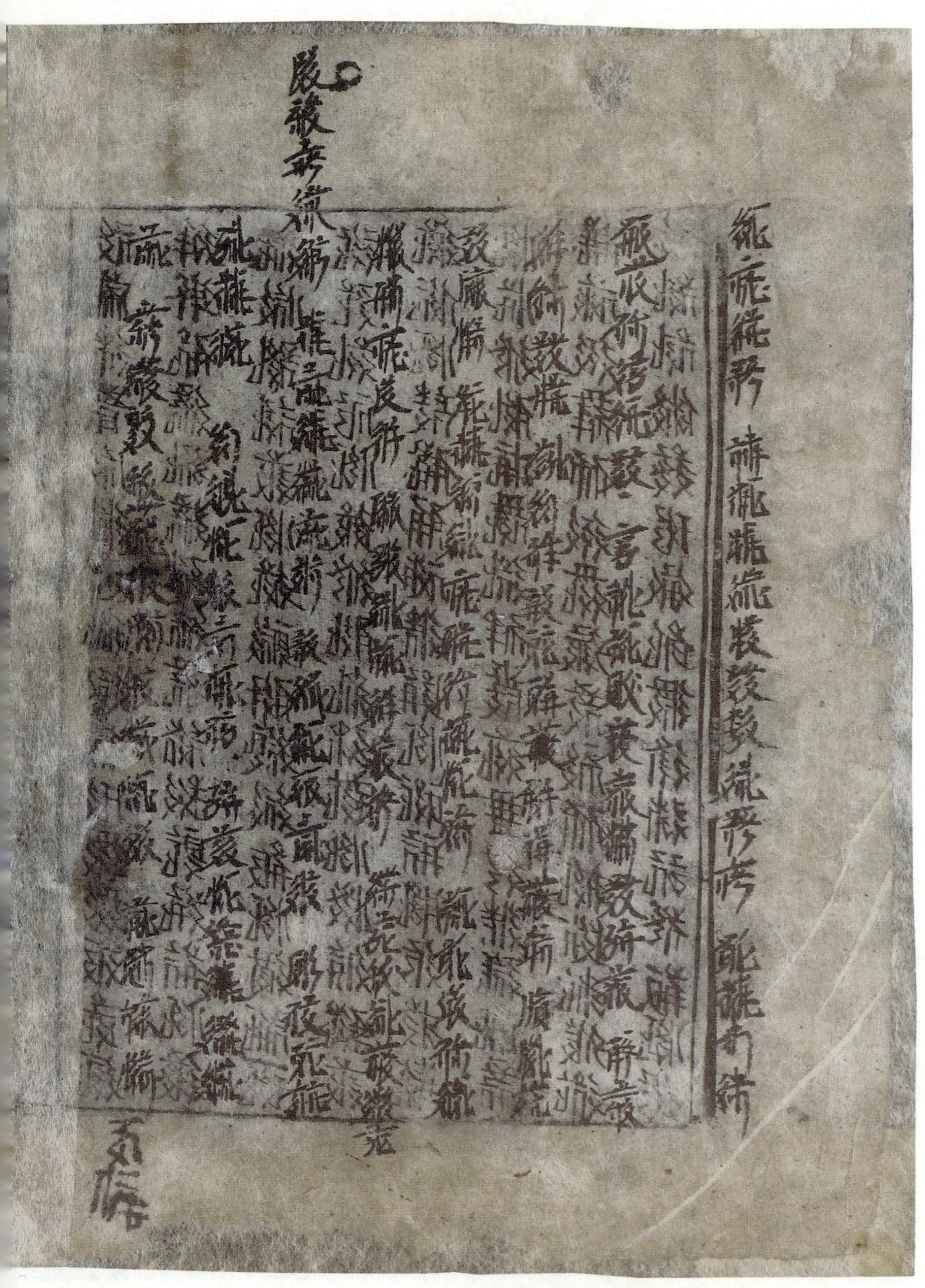

俄Инв.No.121V　宫廷诗集（甲种本）（29-25）

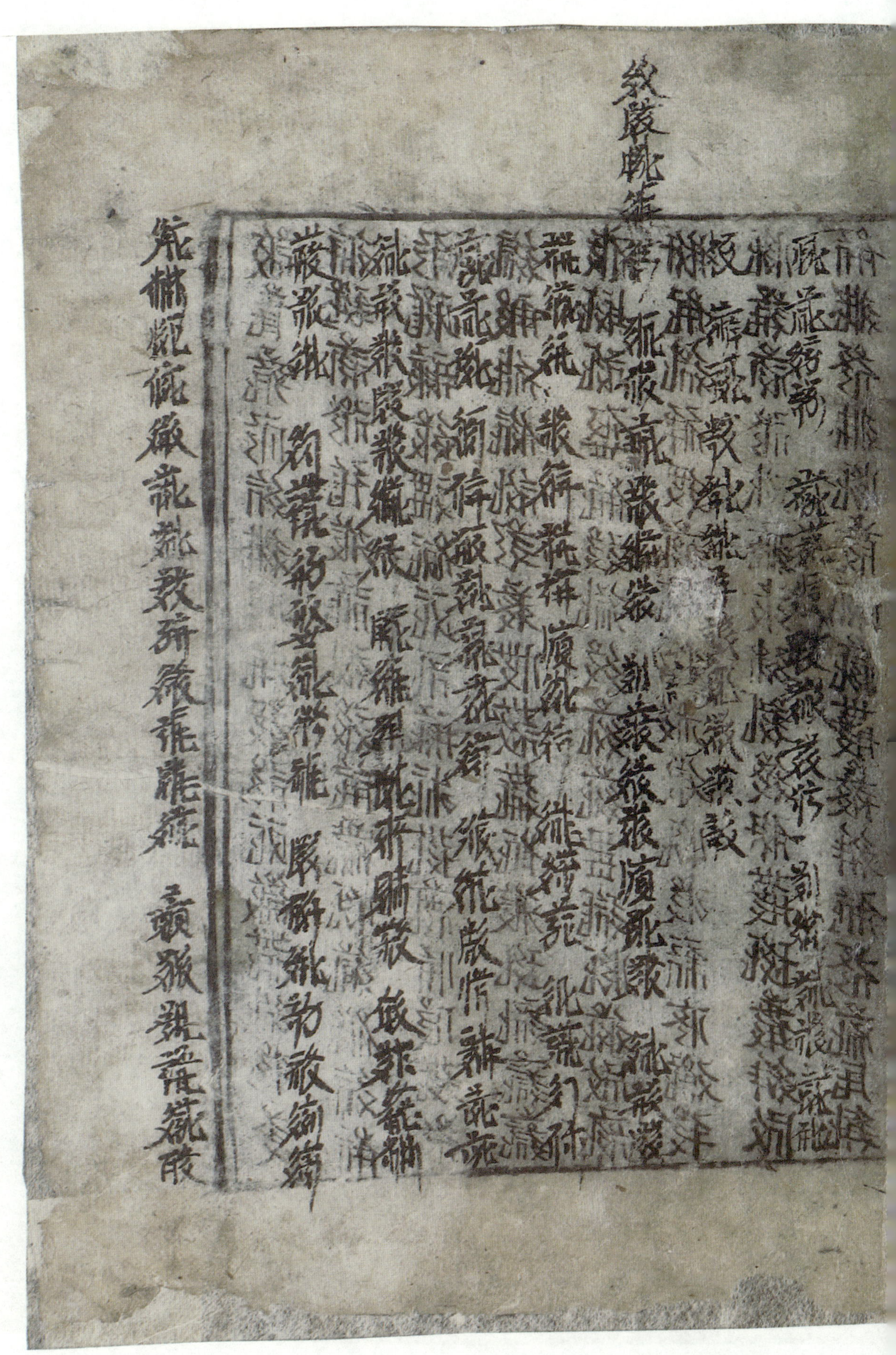

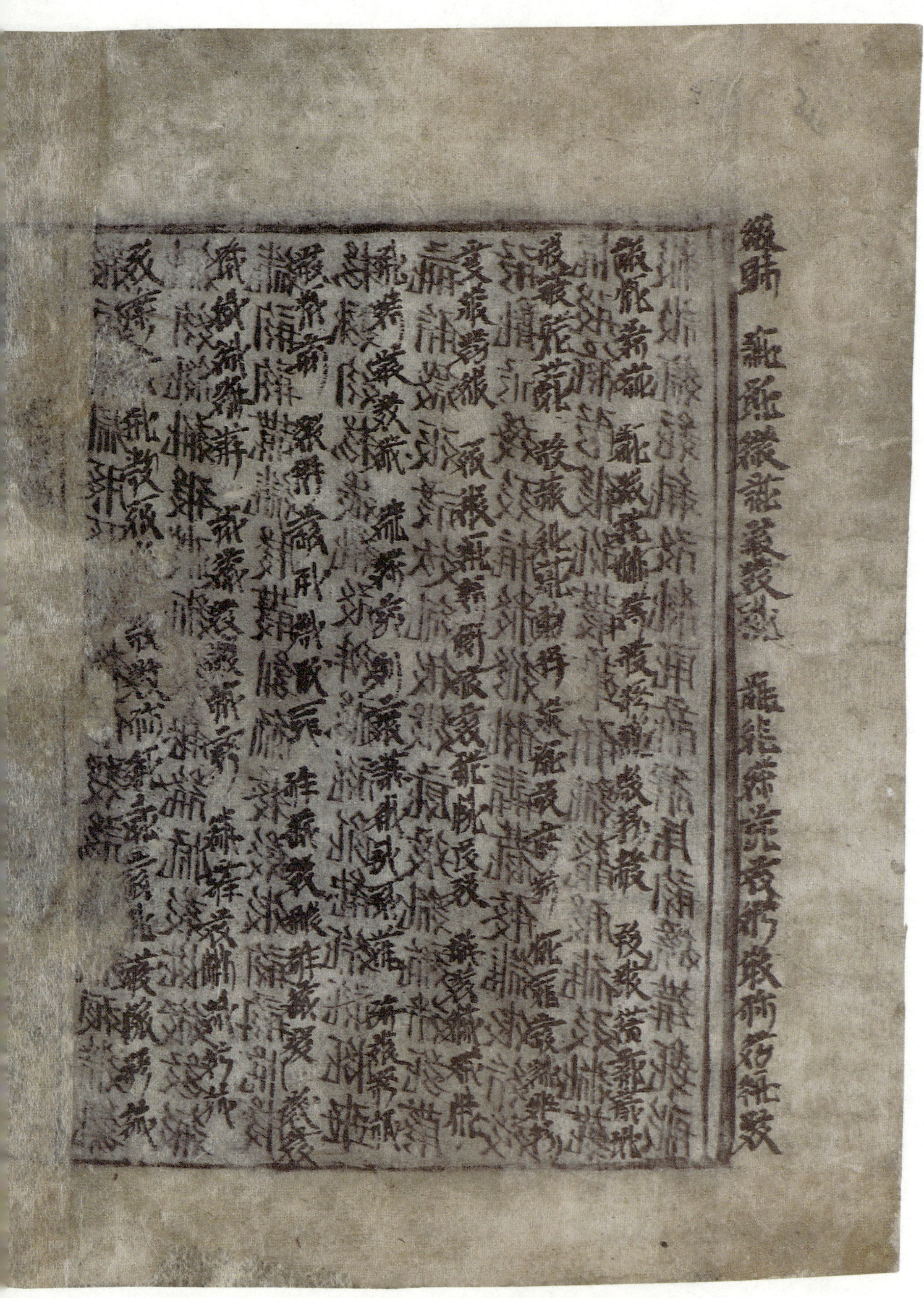

俄Инв.No.121V　宫廷诗集（甲种本）（29-26）

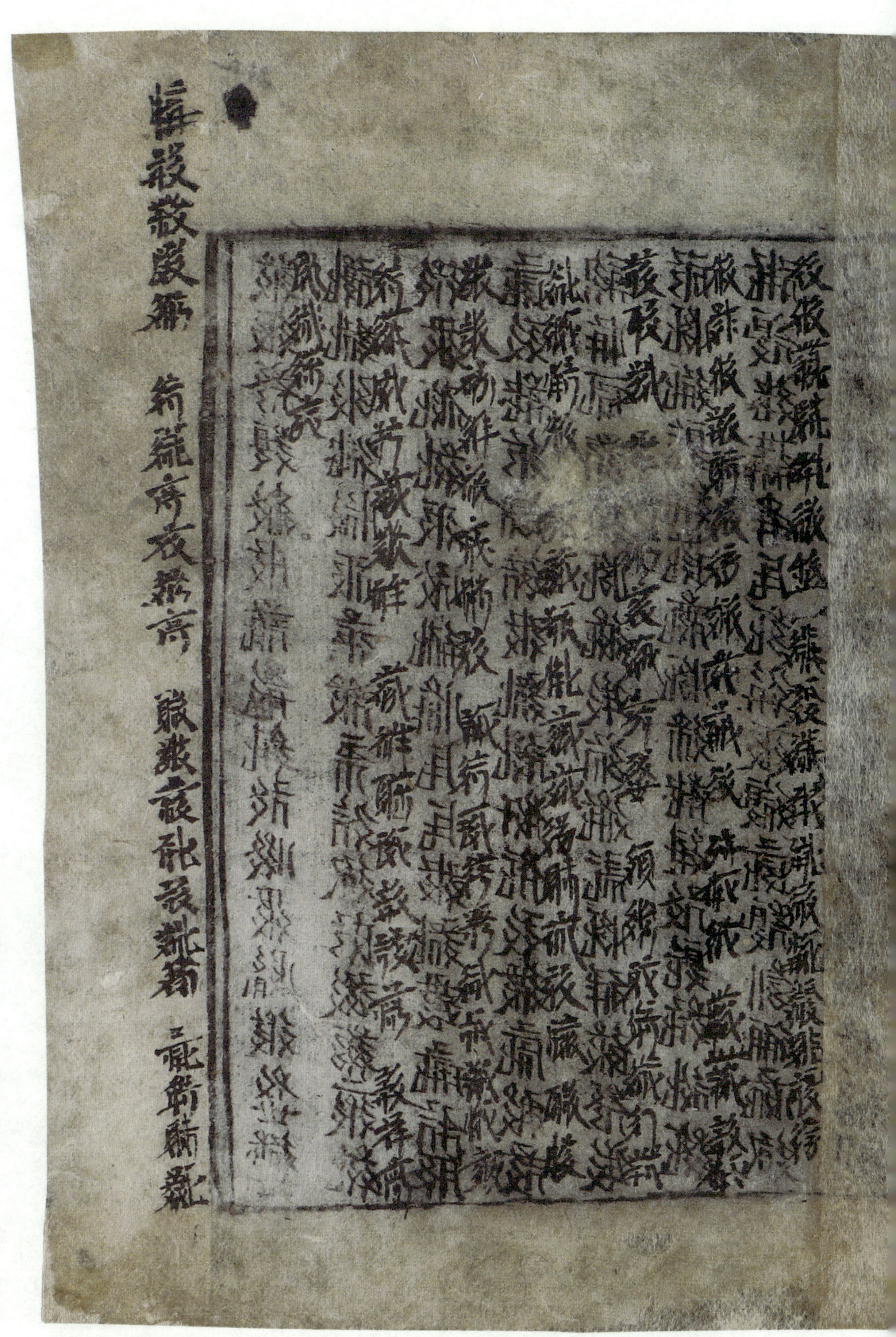

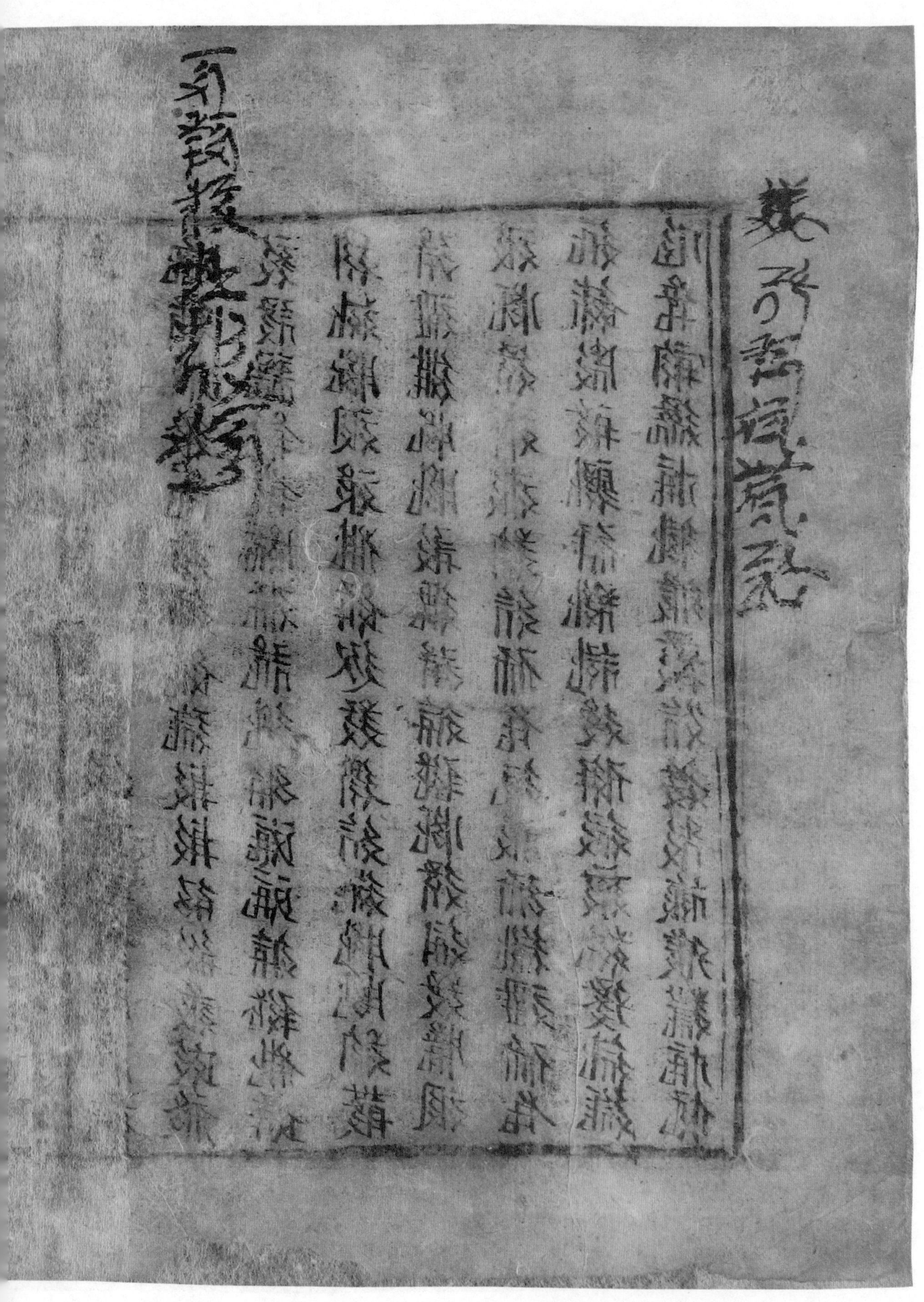

俄Инв.No.121V　宫廷诗集（甲种本）（29–27）

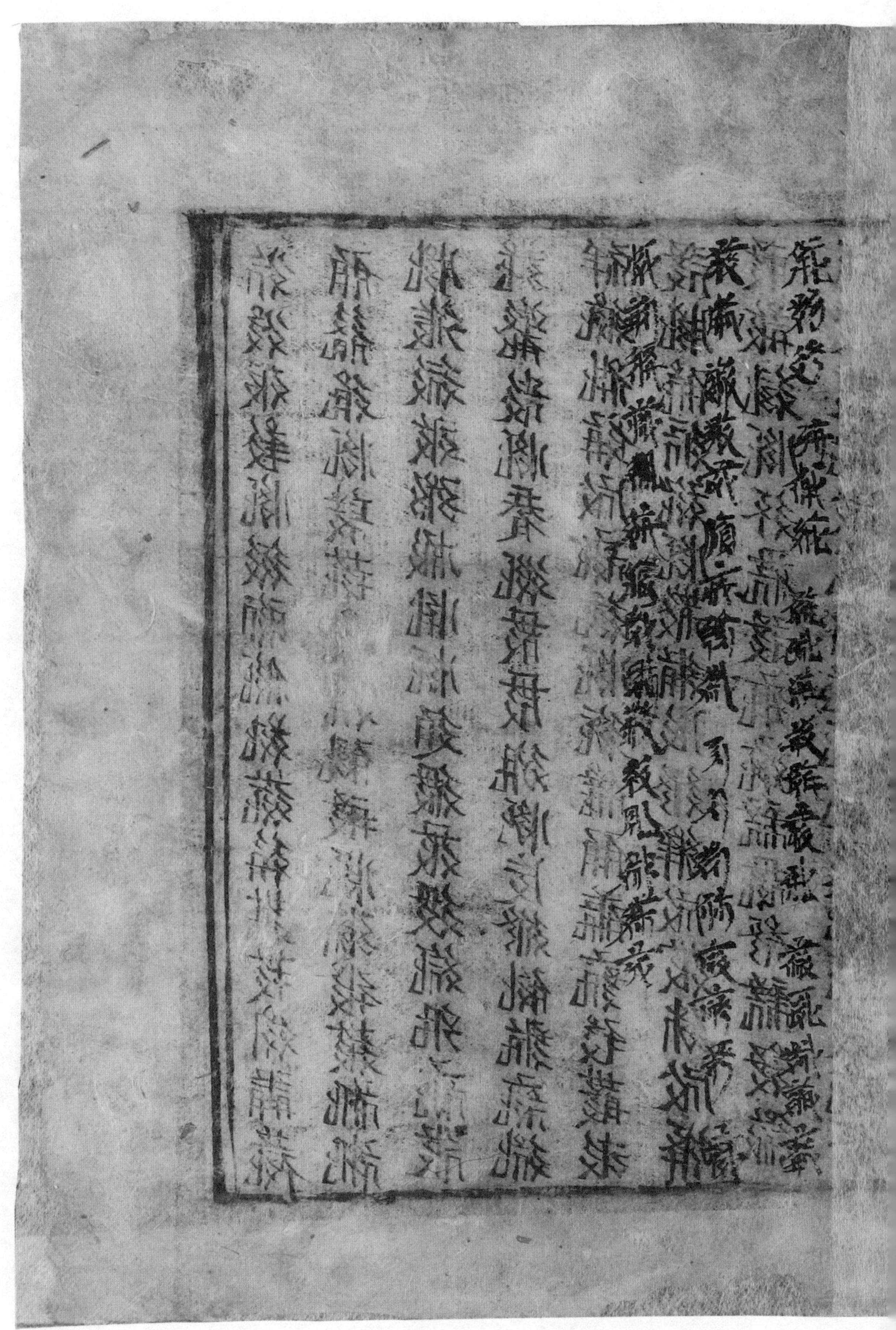

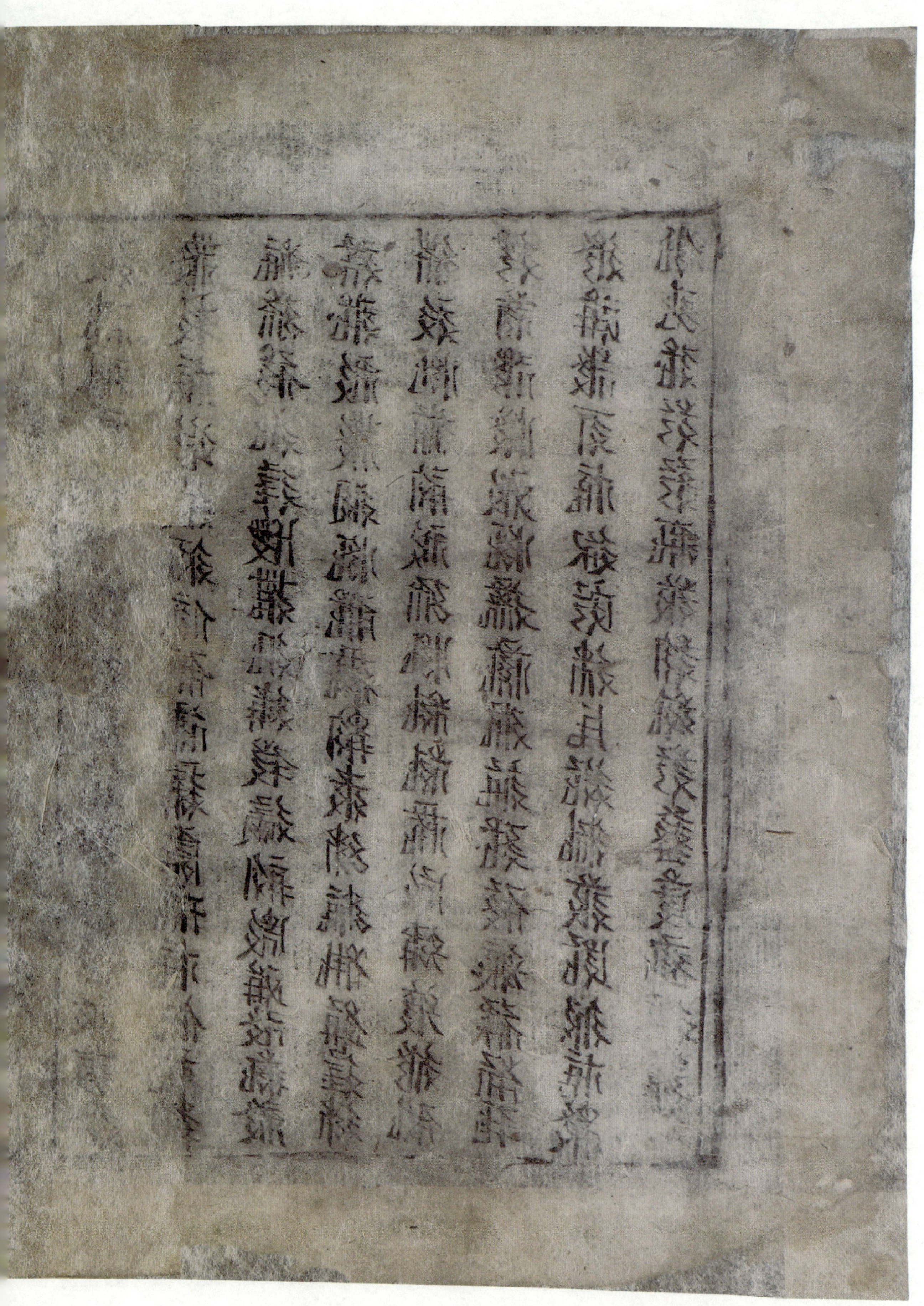

俄Инв.No.121V　宫廷诗集（甲种本）（29-28）

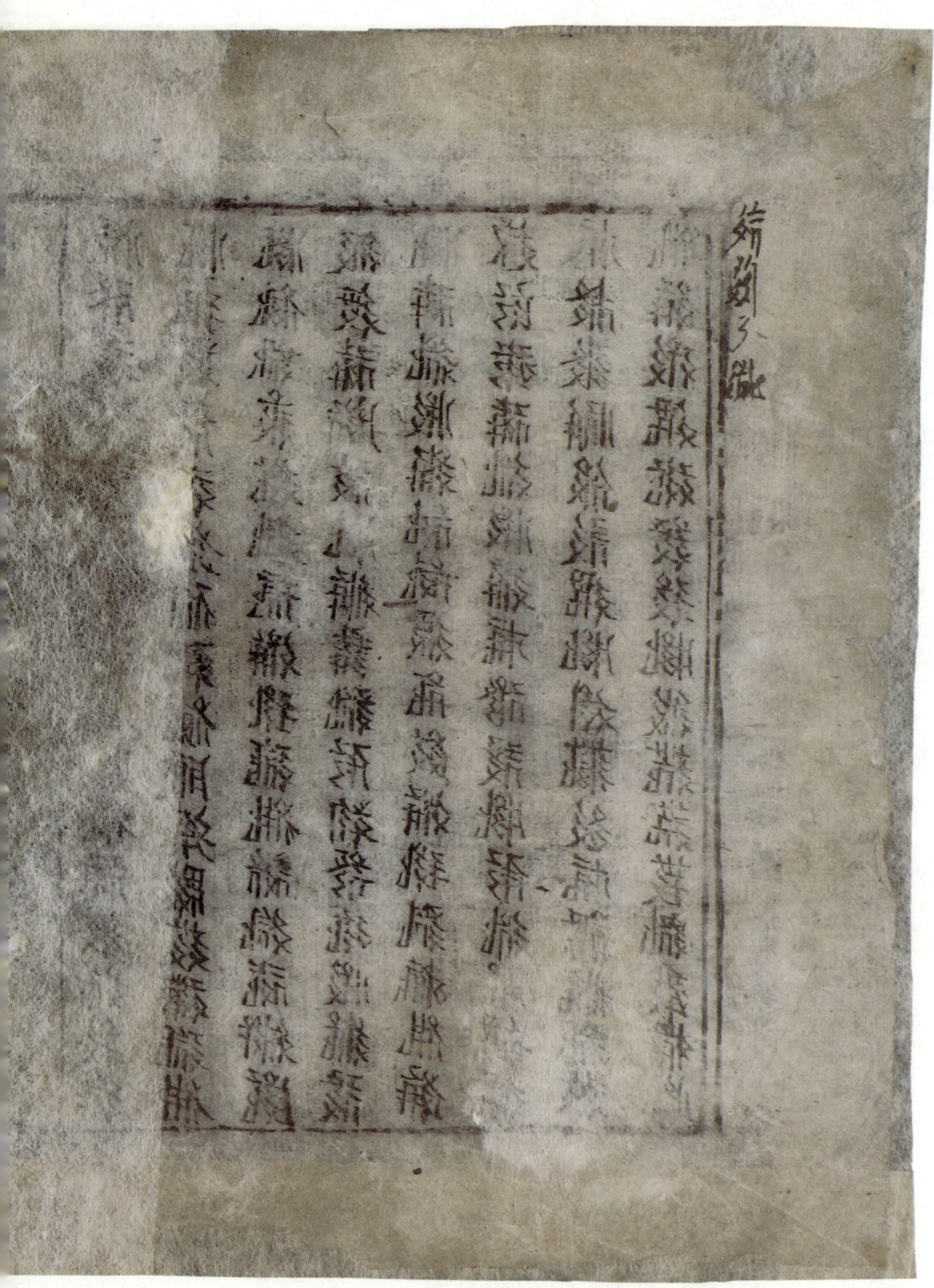

俄Инв.No.121V　宫廷诗集（甲种本）（29–29）

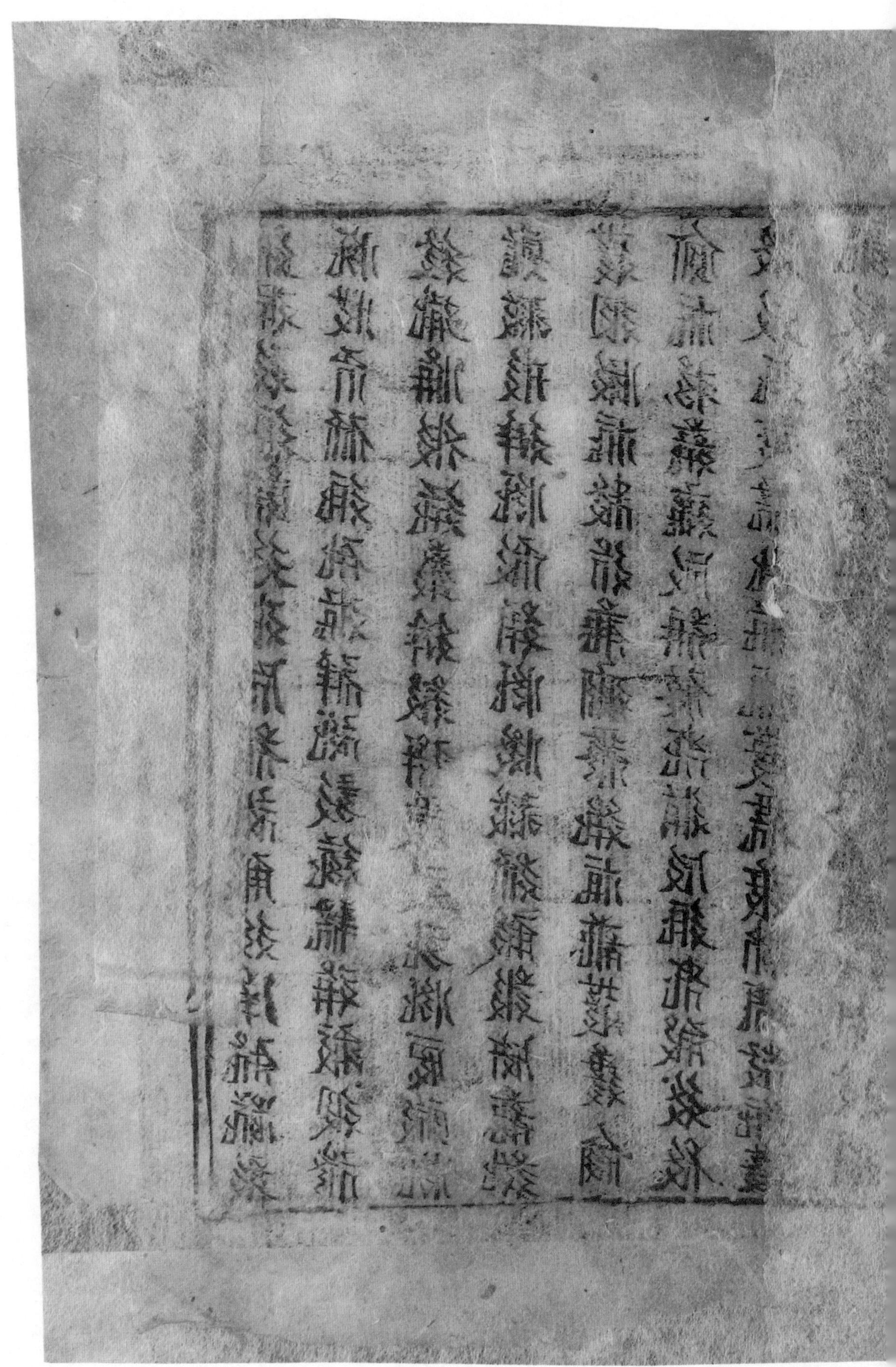